사령왕 카르나크 12

2024년 5월 20일 초판 1쇄 인쇄
2024년 5월 23일 초판 1쇄 발행

지은이 임경배
발행인 김관영

기획 박경무 강민구 임동관 조익현 최시준 신정윤
책임편집 백승미
마케팅지원 유형일 장민정

발행처 (주)로크미디어
출판등록 2003년 3월 24일
주소 서울시 마포구 마포대로 45 일진빌딩 6층
Tel (02)3273-5135 Fax (02)3273-5134
홈페이지 rokmedia.com E-mail rokmedia@empas.com

ⓒ 임경배, 2023

값 9,000원

ISBN 979-11-408-2315-4 (12권)
ISBN 979-11-408-1400-8 04810 (세트)

ROK
MEDIA

로크미디어

사령왕 카르나크

12

임경배 판타지 장편소설

CONTENTS

제국의 대마법사

죽음의 신 테스라낙을 섬기는 검은 신의 교단에는 교도들을 다스리는 3명의 성인이 존재했다.

어둠의 법왕, 드렐타인 텔릭스.

파괴의 성녀, 엘레자르 데 리플라시온.

죽음의 교황, 제덱스 티엘란드.

이들은 테스라낙의 계획에 따라 이 시대로 회귀해 검은 신의 교단을 세웠다. 그리고 각자 오러와 마나, 신성력을 담당해 교도들에게 사령력과 기존의 권능을 융합시키는 역할을 맡고 있었다.

그런데 제덱스가 카르나크에 의해 피안으로 돌아가 버렸다.

신성력을 담당하는 축 하나가 비어 버린 것이다.

누군가가 그를 대신해야 할 필요성이 생겼다.

"그러니 발레리아, 그대가 왜 여기 있는지는 알겠네만……."

드렐타인은 이해가 안 간다는 얼굴로 눈앞의 주근깨 소녀를 바라보았다.

"그럼에도 당신이 먼저 회귀할 것이라곤 생각지 않았는데 말이지."

테스라낙이 우선적으로 엘레자르를 회귀시킨 이유는 정말 별게 아니다. 그냥 그녀가 제일 앞줄에 섰다는 이유뿐이다.

반면 드렐타인과 제덱스가 선택된 데에는 명확한 이유가 있었다.

엘레자르를 회귀시킨 시점에서 비로소 문제를 발견하고, 아슬아슬하게나마 허용 범위 내에서 둘을 더 보낼 수 있다는 걸 알았으니까.

그래서 현시점에서 유일한 무왕인 드렐타인과, 가장 나이가 많은, 그래서 현시대의 타락한 교황들 중에선 신성력이 가장 높은 제덱스를 고른 것이다.

반면 발레리아는 일곱 교황들 중에서 가장 어렸다.

물론 미래에야 바다의 교황에 어울리는 강력한 신성력을 얻겠지만 현시점에선 그저 평범한 17세 소녀 견습 신관일 뿐이었다.

"딱히 발레리아 당신을 폄하하려는 의도는 아니지만, 이 왕이면 게오르그나 에반더처럼 현시대에도 자리를 잡은 이를 부르는 것이 낫지 않았을까?"

드렐타인의 의문에 엘레자르가 쓴웃음을 지었다.

"아, 그게 말이죠······."

발레리아를 선택한 것은 엘레자르였다.

일부러 발레리아의 현 육신을 찾아 납치한 뒤, 역시공 초월체를 통해 특별한 의식을 거쳐 미래의 그녀를 강림시켰다.

"다른 교황들은 현세의 육신을 납치하기가 영 까다롭더라고요."

"음?"

드렐타인이 이해가 안 간다는 표정을 지었다.

"그게 무슨 소리지? 다른 교황들도 현시점에선 대부분 지위 낮은 일반 신관들일 뿐이지 않나?"

엘레자르가 어깨를 으쓱였다.

"원래 역사에서는 그랬죠."

원래 역사에서 이 시대는 평화로운 시절이었다.

사령왕 테스라낙이 아직 두각을 드러내기 전, 3인의 대마법사와 4대 무왕으로 대표되는 탄탄한 체계가 확립되어 대륙 간에 힘의 균형이 맞춰져 있었다.

세상이 평화로우면 두각을 드러낼 기회도 그만큼 적은 법이다.

미래의 타락한 교황들 또한 이 시점에선 틀에 박힌 조직 생활을 하며 평범한 신관으로 지내고 있었다.

그러던 세상이 변한 이유가 바로 사령왕 테스라낙의 등장.

테스라낙이 세상을 어지럽히기 시작하자, 그제야 저들 또한 본인의 재능을 드러내고 여신교 내에서 입지를 다져 갈 수 있었다. 그리고 종국엔 교황의 자리에까지 오르게 된 것이다.

"그런데 지금은 세상이 바뀌었잖아요? 우리 탓이지만."

현시대는 기존의 역사대로 흘러가지 않고 있다.

종말의 어둠이 창궐하며 대륙 전역이 혼란에 빠졌다. 그리고 그 속에서 강력한 성직자가 두각을 드러낼 기회도 많아졌다.

미래의 교황들 또한 마찬가지였다.

무려 교황이 될 정도로 재능이 출중한 이들이었다. 그런 이들이 이 혼란스러운 세상에서 과연 조용히 지내고 있을까?

테스라낙에게 무릎 꿇기 전까지만 해도, 세상을 지키고 악을 처단하려는 정의감과 신앙심으로 똘똘 뭉친 이들이었는데?

엘레자르가 실소하며 말을 이었다.

"현세의 다른 교황들은 전원 교단의 적으로 활동하고 있어요."

전원 파사의 여단, 혹은 7왕국의 킹스 오더에 소속되어 심문관으로 활동 중이었던 것이다.

"덕분에 납치하기가 영 까다롭더군요."

이는 세상에 알려진 엘레자르나 드렐타인이 직접 나설 수는 없는 사안의 일이다.

"그렇다고 드러난 세력을 쓸 수도 없으니 검은 신의 교도들에게 납치를 명령해야 하는데……."

원래 역사와 달리 현시대의 교황들은 1급, 혹은 특급 심문관으로 성직에 종사하고 있었다.

충분히 뛰어난 재능과 사명감을 지닌 이들이 환란을 맞이했으니 당연한 결과였다.

자고로 강력한 성직자는 흑마술의 좋은 제물인 법.

그리고 사교도들이 제일 증오하는 이가 바로 여신교의 심문관이다.

딱히 미래의 교황이 아니더라도, 사교도들은 심문관을 납치해 이런저런 의식을 치르고 싶어 하는 것이다.

"덕분에 평소에도 우리 교단이 무슨 짓 할까 봐 굉장히 경계하고 있다 보니 함부로 건드리기가 어렵더군요."

물론 작정하고 납치하려 하면 못할 것이야 없겠지만, 예상치 못한 사태가 터질 가능성도 그만큼 커진다.

그럴 바엔 안전하게 가는 게 나았다.

발레리아는 현시점에서 아직 견습 신관에 불과했으니, 심문관들과 달리 딱히 신변 보호를 신경 쓰는 처지가 아니었다.

"……우리가 저지른 짓이 우리 발목을 잡은 건가? 일을 진행시키려니 이런 문제가 다 생기는군."

상황을 이해한 드렐타인이 혀를 찼다.

엘레자르가 말을 이었다.

"아까부터 사령력이 모자라다고 한 이유도 이것이구요."

아직 어린 발레리아를 빠르게 제덱스의 수준까지 끌어올려야 했다. 그래야 그의 자리를 대신할 수 있다.

그래서 비축해 놓았던 상당량의 어둠을 그녀에게 지원해 신성력으로 바꾼 것이다.

"덕분에 이 정도까진 회복이 되었지요."

방실방실 웃으며 발레리아가 양손을 가볍게 들어 보였다. 선명한 여신의 빛이 그녀를 중심으로 퍼져 나왔다.

파아아앗!

만약 다른 성직자들이 이 광경을 보았다면 기겁했을 것이다.

고작 17세 소녀에게서 추기경에 필적할 방대한 신성력이 흘러나오고 있었으니까.

물론 무왕과 대마법사에겐 별 감흥이 느껴지지 않는 광경이었지만.

"교황급이라 할 정도는 아니군."

"아직 완성된 건 아니니까요. 그래도 제덱스의 자리를 대신할 수 있는 수준까진 되었으니…….”

빛을 거두며 발레리아가 무심히 중얼거렸다.

“이제부터 제가 죽음의 교황입니다.”

“그렇군.”

드렐타인은 차분히 고개를 끄덕였다.

그가 발레리아의 자격을 트집 잡은 것은 딱히 그녀가 마음에 들지 않아서가 아니다. 능력이 충분하다면 아무 문제 없다.

“그렇다면 아까의 질문을 다시 해야겠군.”

발레리아를 똑바로 보며 드렐타인이 물었다.

“정말 이것이 테스라낙 님의 뜻인가?”

“예, 확실해요.”

주근깨 소녀가 진지하게 고개를 끄덕였다.

“불려 오기 전, 그분을 직접 배알하고 말씀을 들었으니까요.”

───※───

아득한 공허 속 어둠.

한 그루 나무 아래 한 소녀가 신의 목소리를 접한다.

“저흰 어찌하오리까?”

“계획대로 행하라.”

"이것이 계획대로인지 두렵나이다."

"두려워할 필요 없다. 그저 명한 대로 행하라."

"물론 그리할 것입니다. 하나 당신의 뜻을 곡해할까 두렵나이다."

"두려워할 필요 없다. 그저 원하는 대로 하라."

"그렇다면 그를 죽여도 된다는 말씀이십니까?"

"난 그를 살려야 한다고 명하지 않았다."

"하지만 그의 죽음을 금하지 않으셨습니까?"

"죽음을 금하는 것이 생을 부여하는 것은 아니다."

"이해하기 어렵나이다."

"이해할 필요 없다. 저들에게도 이리 전하라."

죽음의 신이 신탁을 내렸다.

"제국을 벗어나지 않는 한, 만사가 형통하리로다."

＊

드렐타인은 한숨을 내쉬었다.

"그러니까, 대체 그 카르나크란 자를 어찌하란 말씀인 거요?"

엘레자르가 동감이란 표정을 지었다.

"저도 모르겠어요."

그녀 역시 발레리아에게 테스라낙의 신탁을 전해 들었을

때 비슷한 심정이었다.

카르나크가 역시공 초월체를 지니고 있는 것은 확실하다.

그러니 그를 그냥 내버려 둘 수 없다는 것도 확실하다.

하지만 그녀와 드렐타인은 제국을 벗어날 수 없다.

그렇다고 7왕국으로 사람을 보내 처리하는 것도 불가능에 가깝다.

이미 말로카와 레번 스트라우스가 패했다. 현재 검은 신의 교단엔 저들보다 더 강력한 패가 존재치 않는다.

반면 카르나크는 어느새 8서클의 마법사가 되었고, 주위에 강력한 오러 유저들이 대거 포진해 있으며, 이제는 무려 스트라우스의 보호까지 받고 있다.

'게다가 정황상, 황혼교와도 뭔가 밀약이 있는 것 같고.'

개인의 능력도 세력의 강함도 날이 갈수록 커지고 있는 것이다.

그런데 테스라낙은 저자를 대체 어찌해야 할지 그 무엇도 확언을 하지 않는다.

답답하다.

왜 저렇게 애매한 말씀만 해 주시는 걸까?

'아니, 이상할 건 없지. 원래 그런 분이었으니까.'

오직 자신의 심복에게만 마음을 열 뿐, 그 외엔 전부 담을 쌓고 살았으니까.

그러다 엘레자르는 문득 의아해했다.

'……심복?'

테스라낙에겐 심복이 없다.

오직 스스로 유일한 존재일 뿐.

'그런데 왜 이런 이미지가 떠오른 것이지?'

하지만 의문은 금방 사라졌다.

마치 떠올린 적 없는 것처럼 뇌리에서 지워지며 흐릿한 기억 너머로 녹아내린다.

남은 것은 계획을 실행해야 한다는 절대적인 각오뿐.

"일단 카르나크라는 자는 무시하도록 하죠."

드렐타인과 발레리아를 돌아보며 엘레자르가 손을 들었다.

"다행히 우리에겐 역시공 초월체가 둘 있고……."

그녀의 손바닥에서 칠흑의 정육면체 2개가 떠올라 허공을 유영한다.

"이걸로 정해진 계획대로 움직일 수 있게 되었지요."

제덱스를 잃은 탓에 발레리아에게 먼저 사용하긴 했지만 원래 이 역시공 초월체를 사용할 이는 정해져 있었다.

엘레자르와 함께 3인의 대마법사 중 1명으로 명성을 사해에 떨친 이.

여명탑주, 디오그레스 콜론.

"이제 그를 불러올 때가 되었어요."

무왕 갤러드의 사망 소식은 7왕국 연합을 왈칵 뒤집어 놓았다.

그럴 만했다.

대마법사는 라케아니아 제국에 둘, 베루스 연방에 하나가 있는 반면 7왕국 연합엔 단 1명도 존재치 않는다.

그나마 델피아드의 무왕만이 7왕국 연합의 자존심으로 세인들의 뇌리에 각인되어 있었다.

그런 무왕이 허무하게 죽었으니 그 충격이 오죽이나 클까?

그리고 한 달 뒤, 스트라우스 가문은 다시 한번 7왕국 연합을 뒤집어 놓았다.

새로운 가주, 레번 스트라우스의 경지가 세상에 알려진 것이다.

- 자색급? 자색급이라고?
- 고작 20대 초반의 나이에?
- 맙소사!

과연 스트라우스 가문이었다.

저 위대한 무가의 저력은 무왕과 후계자를 잃고도 전혀 빛을 잃지 않았으니, 새로운 가주가 이 젊은 나이에 그토록 높은 경지를 보인 것이다.

모두가 믿어 의심치 않았다.

그 또한 무왕의 자리에 올라 가문의, 7왕국의 영광을 이어 가리라!

　－그런데 바로스란 자는 누군데…….

　－레번 경과 비슷한 나이에 자색급이래?

　－몰라. 레번 경 지인이라던데?

보랏빛 오러를 선보이며 레번 스트라우스는 또 하나의 사실을 세상에 알렸다.

자신의 경지는 친우, 바로스 경과 함께 수행하며 서로 절차탁마했기에 가능했다고.

그리고 선언했다.

아버지, 갤러드의 뒤를 잇기 위해 앞으로도 이들과 함께하며 스트라우스의 이름에 걸맞은 모습을 보이겠다고!

세간의 반응을 보며 카르나크는 실실 웃었다.

"좋아, 이걸로 자연스럽게 레번 도로 합류다."

레번이 바로스에게 가르침을 받아 자색급의 경지에 올랐다고 하면 굉장히 수상해 보인다.

반면, 젊고 전도유망한 검의 천재 둘이서 서로를 라이벌로

대하며 서로를 끌어올려 줬다고 하면?

"이건 또 자연스럽지."

같은 내용이라도 표현에 따라 받아들이는 느낌을 얼마든지 다르게 할 수 있는 것이다.

"누누이 말하지만, 말이란 건 아 다르고 어 다른 법이니까 말이야."

오러의 경지는 투기의 색상으로 증명된다.

그리고, 오러 유저는 각 경지마다 전투에 임하는 거리가 조금씩 달랐다.

적색급의 경지는 일반 기사와 전투 스타일 자체가 크게 달라지진 않는다.

똑같이 검을 휘두르며 근접전을 펼친다.

그저 일반 기사보다 더 빠르게 움직이고, 더 강한 참격을 날릴 수 있고, 더 강인한 육체를 지니게 될 뿐이다.

전투의 거리 자체는 큰 차이가 나지 않는다는 의미다.

청색급이 되면 오러의 길이를 어느 정도 조절할 수 있게 된다.

물론 투기를 10미터씩 죽죽 뽑을 수 있다는 소리는 아니지만, 원래대로라면 칼이 닿지 않는 거리라도 투기검의 길이를 늘려 베어 낼 수 있다.

그래서 청색급끼리의 전투는 적색급보다 서로 간의 거리

가 길기 마련이었다.

자색급의 경지에 오르면 오러를 육체에서 분리해 원거리 투사체로 사용할 수 있다.

오러 웨이브, 투기탄, 투기 화살 등 명칭이나 기법은 다양하지만 결국 개념은 같다. 마치 마법처럼 멀리서 오러를 날리는 전법이 가능해진다.

이런 이유로, 자색급 이상의 오러 유저가 서로 대련을 펼칠 때는 한 가지 문제가 생기곤 했다.

주변 사물이 너무 심하게 파괴된다는 점.

오러 웨이브나 투기탄이 빗나갈 때마다 사방이 박살 나는 것이다.

본인들이 그런 기법을 봉인하고 싸운다면 문제없겠지만, 애초에 대련이라는 게 기술 숙련도 높이자고 하는 짓인데 저 기법들을 봉인한다면 대련을 하는 의미가 없어지지 않나?

그래서 자색급쯤 되면 더 이상 건물 내 비밀 연무장에서 대련을 하지 않는다. 슬슬 파괴력이 감당이 안 되니까.

대신 적당히 인적이 드문 숲속에서 대련을 펼쳤다.

이왕이면 숲도 개간할 겸, 개척지 근처에서 대련을 펼치는 것이 오러 유저들의 오랜 불문율이었다.

그런 공개적인 곳에서 혹여 누군가가 몰래 대련을 훔쳐보고 이쪽의 정보를 빼돌리기라도 하면 어쩌냐고?

그러다 걸려서 맞아 죽으면 그냥 자살 취급하는 것이 이 세계의 암묵적인 규칙이었다.

뭐, 맞아 죽지 않을 정도로 강하다면 아무 문제 없겠지만, 그건 훔쳐보던 놈이 최소 자색급 이상이란 소리가 되는데 그 정도의 강자가 굳이 저런 짓을 하지는 않지.

바로스는 물론이고 이제 레번과 라피셀도 자색급의 경지에 올랐다. 즉, 다들 저택 내 연무장에서 대련을 할 수 있는 수준이 아니게 되었다.

그래서 현재 카르나크 일행은 스트라우스 저택 인근의 깊은 숲속에 나와 있었다.

꿈꿈

숲은 한창 가을의 색채로 물들어 가는 중이었다.

황금빛 나뭇잎이 스치는 바람에 춤을 추고 붉게 변한 낙엽들이 여기저기 떨어진다.

그 평화로운 풍경 속에서, 잿빛 머리 소녀가 늘씬한 팔다리를 드러낸 채 검을 겨누고 있었다.

"준비되었어요, 레번 오빠."

마주 선 황갈색 머리의 사내 역시 자세를 취했다.

"알았다, 라피셀."

주변의 공기가 바뀌었다.

동시에 두 남녀가 오러를 발했다.

화르륵!

일렁이는 자색의 투기가 각자의 칼날을 뒤덮어 간다. 서로 겨눈 칼끝 사이로 대기가 일렁이며 요동친다.

양쪽 모두 먹이를 노리는 맹수처럼 서로를 노려보던 그때.

"헙!"

먼저 몸을 날린 건 라피셀이었다.

바람을 타고 나는 듯 가볍게 허공을 가로지른다. 동시에 보랏빛 오러가 매끄러운 궤적을 허공에 그린다.

스치는 모든 것을 베어 버릴 가공할 파괴의 궤적이다.

레번 역시 바로 응수했다.

가볍게 옆으로 빠지며 복잡한 빛의 궤적을 피해 낸다.

복잡한 공세 사이의 빈틈을 정확하게 파고든, 그야말로 상대의 공격을 완벽히 파악했을 때나 가능한 움직임이다.

그 상태로 가문의 절기를 펼친다!

–델피아드 검투술, 불꽃 나비의 춤!

레번 주위로 수많은 보랏빛 검광이 번뜩였다.

실로 상대하기 까다로운 수법이었다.

정말 나비가 춤추는 것처럼 검광의 궤도가 어지럽기 그지없었다.

또한 검광에 스치기만 해도 오러 폭발이 일어나니, 함부로 받아치기도 힘들었다.

그러나 라피셀은 머뭇거리지 않았다.

한눈에 상대의 기술을 파악하고, 단숨에 그 기술의 파해법을 떠올린 뒤, 그대로 행한다!

—타스칼 검술, 4연격!

얼핏 단순해 보이는 연속 찌르기였다.

그런데 그 네 번의 찌르기에, 공간을 노닐던 오러의 나비들이 우수수 떨어져 나갔다.

쾅! 쾅! 콰쾅!

심지어 찌르는 각도가 워낙 절묘해, 오러 폭발조차도 죄다 레번 쪽으로만 향하고 정작 라피셀 쪽으론 단 하나도 터지지 않았다.

당황한 레번이 물러서며 혀를 찼다.

"윽! 이게 이렇게 쉽게 깨지나?"

대련을 지켜보던 세라티가 어이없어하는 표정을 지었다.

'저게 무슨 타스칼 검술이야?'

타스칼 검술의 4연격은 빠르게 네 번 찌르는 기술이었다.

어떤 자세를 취하고 어떤 식으로 힘, 혹은 오러를 실어야 빠르고 정확하게 연속으로 찌를 수 있는지를 가르쳐 주는 검술이기도 했다.

하지만 그것만으로 불꽃 나비의 춤을 파해할 수 있을 리는 없다.

저게 가능했던 이유는 라피셀이 정확한 타이밍에, 정확한 각도로, 정확히 다음 동작을 예측하여, 정확한 위력만을 실어 연속 찌르기를 했기 때문이다.

그게 가능해진 시점에서 이미 저건 타스칼 검술도 뭣도 아닌 것이다!

'삼류 검술을 제멋대로 초일류 검술로 바꿔 버렸잖아?'

바로스가 무시할 때 발끈하긴 했지만 솔직히 이젠 인정하지 않을 수 없었다.

타스칼 검술, 삼류 맞다.

아니, 당장 세라티가 검술 창안자보다도 경지가 높아졌는데?

이 검술을 창안한 타스칼 경도 청색급 오러 유저였지만 지금의 세라티만큼은 아니었다.

이미 그녀가 구사하는 타스칼 검술도 반쯤은 자기 자신만의 새로운 유파가 된 것이다. 굳이 말하자면 세라티 검술이랄까?

심지어 그걸 라피셀이 한 번 더 손대고 나니, 슬슬 기존의 검술과는 형태만 비슷하지 오의는 전혀 다른 무엇인가가 되어 버렸다.

'이젠 슬슬 어디 가서 타스칼 검술 익혔다고 이야기도 못

하겠네. 그냥 자기류라고 소개해야 하나?'

그러는 와중에도 레번과 라피셀은 계속 대련을 이어 가고 있었다.

계속 그 광경을 지켜보며 세라티는 새삼 중얼거렸다.

"하여튼 둘 다 많이 변했네."

비단 오러의 경지만을 의미하는 것은 아니었다.

레번은 이제 표정이 많이 밝아졌다. 태도도 꽤나 당당해졌다.

딱히 스트라우스의 가주가 되어서라기보다는, 에밀과의 비교에서 벗어난 게 제일 큰 이유인 듯했다.

—알고 보니 에밀 형님과 제가 그렇게까지 차이가 나는 것은 아니었잖습니까?

그것만으로도 한 꺼풀 벗어던질 수 있었던 모양이다.

지금의 그를 보면 확실히 '저런 사람이 미래에 무왕이 되는구나.' 하는 느낌이 든다.

그리고 라피셀은 많이 컸다.

항상 옆에 있어 미처 못 느꼈는데, 세라티의 어깨에도 닿지 않았던 키가 어느새 턱 밑까지 온 것이다.

단순히 팔다리가 길어진 정도가 아니라 신체 자체가 아이에서 어른의 골격으로 변화하는 중이었다.

역시 한창 성장기이다 보니 어느 순간부터 눈에 띄게 쑥쑥
큰다.

물론 여전히 세라티가 훨씬 더 크긴 하지만 그건 그녀가
여성치고 장신이라 그런 것이고, 라피셀은 이미 어지간한 성
인 여성 평균 키에 도달한 상태였다.

뭐, 라피셀은 여전히 만족스럽지 않은 모양이지만.

실제로 얼마 전 이런 대화를 나눈 적도 있었다.

─저도 세라티 언니만큼 클 수 있을까요?

─물론 클 수 있지.

애 앞에서야 당연하다는 듯 응원을 해 주었지만, 카르나크
와의 대화는 좀 달랐다.

─라피셀 앞으로 얼마나 더 커요?

─저게 끝이여.

─엥? 정말요? 무왕인데도요?

─무왕 되는 거랑 키 크는 거랑 무슨 상관인데?

─사, 상관은 없죠.

─아무리 오러의 극의에 도달해도 키랑 대머리는 못 고쳐.

─그건 좀 슬프네요.

─그런데 사령술로는 고칠 수 있거든. 이걸로 사람들 많이

꼬드겼지.

　ㅡ……와, 악마.

　하여튼, 레번과 라피셀은 보랏빛 오러를 발하며 신나게 대
련을 이어 갔다. 그리고 반쯤 지친 상태로 대련을 마쳤다.

　"헉, 헉헉, 수고하셨어요, 레번 오빠."

　"그래, 라피셀. 너도……."

　한동안 호흡을 고르며 체력을 회복한 뒤, 이번엔 레번과
세라티가 대련에 나섰다.

　"세라티 경, 한번 붙으실까요?"

　"부탁해요."

　둘의 대련은 명백하게 레번의 우위였다.

　아무리 오러양이 충만하다 해도 세라티는 청색급, 그에 비
해 레번은 자색급이다.

　이미 벽을 넘어 내려다보는 입장이 되었으니 검술에도 마
음가짐에도 여유가 있다.

　세라티의 공세를 받아치며 레번은 생각했다.

　'이거 신기한 느낌이군.'

　한때 자신보다 위였던 이를 내려다보는 상황이 신기하다
는 그런 건방진 소린 아니었다.

　'분명히 나보다 아래인데, 왜 이렇게 이기기가 힘들지?'

　아니, 정확히 말하면 이기기 힘들다는 느낌과는 조금 다르

다.

이대로 대련을 계속하다 보면 분명히 레번이 이길 것이다. 그건 확실하다.

'그런데, 죽이기는 힘들 것 같아.'

왜 이런 느낌이 드는지는 설명할 수 없었다. 그저 뭔가가 다르다는 것만을 느낄 뿐.

'그런데 뭐가 다른 건지는 모르겠군.'

대련이 끝나자 세라티는 파김치가 되어 쓰러졌다.

"헉, 허억, 헉."

완전히 탈진 상태가 되어 레번을 바라보며 혀를 내두른다.

"역시 자색급에게 덤비는 건 보통 일이 아니네요."

검을 거두며 레번이 묘한 표정을 지었다.

"뭐랄까, 실전이었다면 달랐을 것 같지만 말이죠."

세라티가 피식 웃었다.

"에이, 대련에서 지면 당연히 실전에서도 지죠. 대련 잘해 봐야 실전에서는 소용없다고 울부짖는 동네 건달도 아니고."

"아니, 그게 아니라 뭔가 좀 느낌이……."

"……?"

"아닙니다, 아무것도."

하여튼 세라티도 그녀 나름대로는 착실히 성장하고 있었다. 아마도 청색급 중에선 슬슬 최강일 것이다.

문득 레번이 숲 저편을 바라보며 물었다.

"그러고 보니 카르나크 님은?"

다 같이 숲을 찾은 카르나크 일행이지만, 현재 그와 바로스는 따로 움직이고 있었다.

세라티가 어깨를 으쓱였다.

"그 양반이야 따로 훈련 중이지요."

이해했다는 듯 레번이 비밀 전언으로 대화를 바꿨다.

[맞다, 몰래 사령술 관련 훈련을 하신댔죠?]

그녀가 고개를 저었다.

[사령술 관련인 건 맞는데, 몰래 하고 있진 않을걸요.]

[……네?]

카르나크는 사령술을 강화하기 위한 특훈 중이었다.

그리고 그 특훈은, 세라티 말대로 몰래 할 필요가 전혀 없었다.

"자, 계속 뛰십쇼!"

"헉, 헉헉헉!"

평범한 체력 단련이었으니까.

단지 강도만 상당히 높인.

평소에도 가벼운 운동은 꾸준히 하고 있었다. 하지만 요즘엔 아예 작정하고 병사들이나 받는 신체 단련에 매진 중이었다.

몸이 받쳐 주면 사령술을 더욱 강하게 펼칠 수 있다는 걸 깨달았기 때문이다.

"정확히 말하면 마령술 쪽이지만."

딱히 비밀로 할 필요도 없는데 굳이 숲속에서 하는 이유는, 그냥 레번과 세라티, 라피셀이 여기서 대련을 해야 하기 때문이었다.

원래 카르나크에겐 되도록 '고기 방패'와 멀리 떨어지지 않는 습관이 전생에서부터 붙어 있었다.

죽어라 달리고 역기를 드는 등 다양한 체력 단련을 마치자, 드디어 바로스가 그토록 기다리던 한마디를 꺼냈다.

"좋습니다, 5분 휴식."

"고작 5분? 너무 짧은 것 아냐?"

투덜대며 카르나크가 맨바닥에 주저앉았다.

헐떡대는 그를 보며 바로스가 의아한 듯 물었다.

"그런데 정말 체력만 붙인다고 사령술이 더 강해져요?"

"솔직히 말하면, 해 보기 전엔 몰라."

하지만 적어도 광익의 천사가 더 강해지리라는 점만큼은 확실하다.

"그것만으로도 운동은 하고 볼 일이지. 무슨 일이 터질지 모르니 최대한 준비를 해 둘 필요가 있잖아?"

바로 이 점이 바로스가 의아해하는 부분이었다.

"갑자기 왜 그렇게 초조해하세요? 뭐 급한 일이라도 생겼어요?"

동쪽 하늘을 힐끔 보며 카르나크가 인상을 썼다.

"……제국 쪽에서 소식이 왔거든."

여기저기 바쁘게 돌아다니는 와중에도 카르나크는 라케아니아 제국 쪽 정보를 꾸준히 수집하고 있었다.

가장 위협적인 적, 드렐타인과 엘레자르의 동태를 살피지 않고서는 도저히 두 다리 뻗고 잠을 잘 수 없었던 것이다.

그다지 어려운 일은 아니었다.

킹스 오더와 여신교, 황혼교 등에서 수시로 정보를 물어다 주니까. 파사의 여단 서부 지부와도 간간이 연락을 주고받고 있고.

워낙 다양한 통로를 통해 정보를 수집하다 보니 신뢰도 역시 상당히 높은 편이다.

그런데 얼마 전, 드렐타인과 엘레자르의 상황에 변화가 생겼다.

"두 사람이 드디어 손을 잡았다더라고."

바로스가 멍한 표정을 지었다.

"드디어 손을 잡았다니, 그럼 이제까진 뭐 발을 잡고 있었답니까?"

저 둘이 같은 편이라는 걸 뻔히 아는데 대체 지금 무슨 소리를 하나 싶다.

카르나크가 인상을 썼다.

"대외적으로 말이다, 대외적으로."

정확히는 드렐타인을 주축으로 한 카제밀 후작가와, 엘레자르를 주축으로 하는 렐프란츠 공작가가 공식적으로 화해했다는 정보였다.

"그 둘, 제국 내에서 정적이었잖아. 기억 안 나냐?"

"……그랬나요?"

바로스는 어색한 듯 뒷머리를 긁었다.

"너무 옛날 일이라서 기억이 가물가물하니, 원."

카르나크도 바로스의 기억력에 큰 기대를 하고 있진 않았다.

"그냥 이 시대의 걔들은 사이 엄청 나빴다고만 알고 있어라."

아무리 엘레자르와 드렐타인이 뒤로는 같은 편이라 해도, 겉으로는 적대 세력의 양대 수장이다 보니 대놓고 움직이기가 어렵다.

그래서 카르나크도 이제까진 크게 걱정하지 않았다.

둘 다 자기 일이 바쁘니까 나까진 아직 건드리지 않겠지 싶어서.

하지만 저렇게 된 이상 이제 어떤 식으로 나올지 모른다.

제덱스에 이어 미래 레번까지 피를 보았다. 이제 검은 신의 교단이 결코 카르나크를 그냥 둘 리 없다는 점은 확실하다.

"그런데 요새 내가, 혼돈마법 진도가 꽤나 느려져서 말이지."

구렁이 담 넘어가듯 서클의 벽을 날름날름 넘었던 카르나크지만, 아무리 그라 해도 9서클의 벽은 꽤나 높았다.

사실 이조차도 결코 느리다고 할 수준은 아니다.

이미 카르나크는 8서클을 절반 가까이 터득했다. 결과만 보면 구렁이가 울고 갈 정도로 담은 잘 넘고 있다.

하지만 8서클의 경지로는 대마법사나 무왕을 상대하기 어불성설이란 점도 틀림없는 사실.

"마령술의 위력을 늘려야 해."

사령술을 너무 써서 도로 옛날로 돌아가고 싶진 않았다.

이 사령력이란 건 결국 생육신에는 독으로 작용하는 것이다.

그래서 이렇게 최대한 몸 단련하면서 어떻게든 영향을 줄여 보려 노력 중이었다.

납득한 바로스가 진지하게 고개를 끄덕였다.

"어쩐지, 발등에 불 떨어져야 움직이는 양반이 갑자기 알아서 몸을 챙긴다 싶더라니……."

그리고 의아해하며 물었다.

"그럼 이제 어떻게 되는 겁니까?"

정치는 잘 모르지만 무리 짓는 이들의 성향은 잘 아는 바로스였다.

　서로 싸우던 놈들이 한편이 되었다면, 다음 순서는 공통의 적을 찾아 나서는 경우가 대부분이다.

　"제국군이 7왕국 연합을 침공하기라도 하는 겁니까?"

　카르나크는 고개를 저었다.

　"그건 아닌 것 같더라."

　물론 차후에 저런 식으로 움직일 가능성도 적진 않다.

　하지만, 적어도 당장 저들이 세운 공동의 적은 7왕국 연합이 아니었다.

　"여명탑주, 디오그레스 콜론을 노렸다던데?"

　바로스가 인상을 썼다.

　"콜론 공을요?"

　물론 그는 이 시대의 또 1명의 대마법사, 여명탑주 디오그레스 콜론 역시 잘 알고 있었다.

　왕년 상대했던 최강의 적이자, 동시에 직장 동료였으니까.

　"가만있자, 어차피 저쪽 콜론 공도 미래에서 돌아오지 않나?"

　"그렇지. 그러니까 이참에 육체를 확보해서 의식을 치르려는 것 아니겠어?"

　"역시 저쪽이 역시공 초월체를 또 만들었나 보네요."

　"아무래도 그래 보이지?"

　정해진 시간대에 정해진 영혼을 시공 회귀시키려면 미리

현세의 육체를 확보할 필요가 있다.

이를 위해 엘레자르와 드렐타인이 뭔가 수를 쓴 것이 분명하다.

"이제까진 대외적으로 적이었으니 대놓고 움직이지 못했지만, 최근 상황이 바뀐 모양이야."

"그런데 여명탑주면 제국의 충신이잖아요. 제국의 충신을 제국의 충신들이 조진다고요? 대체 무슨 명분으로?"

그러자 카르나크의 입가에 흥미로워하는 미소가 떠올랐다. 정말 재밌어하는 듯한 표정이었다.

"여명탑주가 검은 신의 교단을 이끄는 수장 중 1명이라는 명백한 증거를 잡았다고 하더라고."

그래서 이단 심문 재판을 열고 그를 호출했고, 여명탑주는 응하지 않았다.

결국 드렐타인과 엘레자르가 군대를 이끌고 여명탑으로 직접 나아가게 된 것이다.

"그러니까, 검은 신의 교단 수장 놈들이, 멀쩡한 사람에게 사교도 수장이라고 누명을 씌웠다는 소리죠?"

바로스가 헛웃음을 흘렸다.

"어이가 없네요. 그런 수작이 통하나?"

"안 통할 이유가 뭐겠어?"

자, 누군가에게 사교도라고 누명을 씌우려면 어떻게 해야 할까?

그 사람 주위에 사교의 증거들을 심고, 다른 사교도들로 하여금 거짓 자백을 하게 만들면 된다.

일반인이라면 사교의 증거를 구하기도 쉽지 않고, 사교도들에게 거짓 자백을 하게 만드는 것도 불가능한 일이겠지.

하지만 누명을 씌우는 측이 사교도 본인이라면?

"타인에게 누명을 씌울 때, 범죄 당사자만큼 그 일을 잘할 수 있는 작자도 또 없을걸."

과연 디오그레스 콜론은 꼼짝없이 누명을 뒤집어쓴 채 외통수에 몰린 모양이었다.

이제 제국의 무왕과 대마법사 둘을 상대해야 하는 처지가 되었으니, 세인들은 여명탑주의 운명도 여기까지라며 고개를 젓고 있었다.

"내 생각도 마찬가지고. 디오그레스가 강하긴 하지만 엘레자르, 드렐타인 둘이서 덤비면 대책 없지."

반면 바로스는 좀 다르게 생각하는 모양이었다.

"글쎄요. 어떨지 모르겠는데요, 그건."

"디오그레스에게 승산이 남아 있다고 보냐?"

"승산이야 당연히 없겠죠."

동급의 절대 강자끼리 2 대 1로 싸우는데 기적이 일어날 가능성은 극히 작다.

다만 바로스가 신경 쓰는 부분은 그쪽이 아니었다.

"저쪽은 콜론 공을 반드시 멀쩡하게 제압해야 하잖아요.

그래야 그 육체에 미래의 콜론 공을 불러올 테니까."

무릇 죽이긴 쉬워도, 생포는 어려운 법.

"엘레자르나 드렐타인 생각만큼 일이 편하게 흘러가진 않을걸요."

라케아니아 제국 북부.

1년 내내 찬 바람이 부는 황량한 광야 가운데 검푸른 탑한 채가 우뚝 솟아 있다.

그 탑 주위에만 마치 자연을 거스르듯 사시사철 따스한 바람이 불고 기화요초가 가득 피어 있어, 누가 보아도 저 탑에 깃들어 있는 권능이 예사롭지 않음을 확인할 수 있는 풍경이다.

제국이 존재하기 전부터 인류의 마법 역사를 대표하는 여명의 탑이었다.

하나 모든 마법사들의 마음의 고향이자 경외의 대상인 이 우아한 건축물은 지금 꽤나 무례한 상황에 처해 있었다.

아름다운 화원은 더러운 군마의 말발굽에 짓밟히고, 우아하게 세워진 다리와 기둥은 천막을 거는 용도로 바뀌었다.

수천에 달하는 대군이 탑을 포위한 채 진을 치고 있는 탓이다.

탑의 최상층에서 한 50대 사내가 그 모습을 보며 혀를 찼다.

"쯧, 도대체 이게 무슨⋯⋯."

수염을 싹 밀고 머리를 전부 뒤로 빗어 넘긴 깔끔한 인상, 얼핏 유약해 보이지만 눈빛만큼은 강인하기 그지없다.

이곳 여명탑의 탑주, 대마법사 디오그레스 콜론이었다.

"엘레자르와 드렐타인이 아주 작정을 했군."

혀를 차는 디오그레스를 향해 다른 마법사들이 입을 열었다.

"디오그레스 님⋯⋯."

"대체 이 무슨 말도 안 되는 누명이란 말입니까?"

"세상에, 디오그레스 님을 사교도의 수괴로 몰다니⋯⋯."

다들 도무지 이해할 수 없다는 표정이었다.

실제로 어이없는 이야기다.

여명탑의 주인이자 제국의 대마법사로 수십 년을 군림해 온 디오그레스가 왜 사교를 믿는단 말인가? 대체 뭐가 아쉬워서?

평생 쌓아 온 명성이 있는 만큼, 이들에겐 디오그레스가 사교도일 리는 절대 없다는 확신이 있었다.

문제는 디오그레스를 고발한 자들 역시 평생 쌓아 온 명성이 있다는 점이다.

무왕 드렐타인과 대마법사 엘레자르.

이들 역시 절대 허튼소리는 하지 않을 것이라는 믿음을 주는 이들이다.

그렇다 보니 디오그레스의 누명이 어이없게도 세인들에겐 그럴싸한 이야기로 전해져 버렸다.

–대마법사가 사교도라고? 왜?

–몰라. 그런데 다른 대마법사님이 사교도 맞대.

–아니, 대마법사씩이나 되어서 사교도가 되었으면 그럴 만한 이유가 있어야 할 것 아니여?

–거, 사람이 사교에 빠지는 데 이유 있던가? 그냥 빠지는 거지.

–하긴, 그것도 그러네.

대충 이런 식이었다.

여명탑 입장에선 참으로 어처구니없는 일일 뿐이다.

마법사 중 1명이 치를 떨며 말했다.

"어리석은 백성들이야 그런 헛소리를 할 수도 있습니다. 하지만 대체 왜 무왕이며 대마법사씩이나 되는 이들이 이런 짓을……."

디오그레스가 허허로운 목소리를 흘렸다.

"모르겠구나. 난 저들과 그리 진솔하게 대화를 나눠 본 적이 없으니 말이다."

똑같이 제국의 지혜라 불리고 있지만, 엘레자르와 디오그레스는 그리 친한 사이가 아니었다.

정확히는, 똑같이 제국의 지혜라 불리고 있어서 친하지 않다는 쪽이 옳겠다.

항시 경쟁하는 사이가 아닌가?

그래도 젊은 시절엔 얼굴 마주하면 인사 정도는 건네고 그랬는데, 양쪽 모두 대마법사의 자리에 오른 뒤엔 정말 만난 적이 손에 꼽을 정도다.

접점 자체가 없으니 친해질 일도 없을 수밖에.

"하지만 이 모습을 보면, 진솔한 대화를 나눴다 해도 별로 달라졌을 것 같진 않군."

탑을 포위한 군세를 보며 디오그레스가 피식 웃었다.

다른 마법사 1명이 물었다.

"정말 싸우실 겁니까? 아직 대화로 해결할 수 있는 여지가 남아 있을지도……."

디오그레스는 그의 말을 일축했다.

"아니, 그런 여지 따윈 없다."

어지간한 죄목이라면 대화로 해결할 수도 있었을 것이다.

그런데 저들은 디오그레스에게 사교도의 수괴라는 실로 어마어마한 누명을 씌워 버렸다.

"이러면 이단 심문이 되어 버리지."

일단 한번 터트리면 돌이킬 수 없는 부류의 죄목인 것이다.

여기서 디오그레스가 사실은 죄가 없었다고 하면?

반대로 엘레자르와 드렐타인에게 피해가 간다.

그러니 저들이 정말 디오그레스가 사교도인지 아닌지 확인하고 싶었던 것이라면 이렇게 대놓고 저지르진 않았을 것이다. 뒤에서 몰래 확인하고, 나중에야 처리했겠지.

"즉, 내가 사교도이건 아니건 상관없다는 소리다."

진실이 어찌 되었건 처리해 버리겠다는 의도가 매우 명확하게 느껴진다. 이 점은 의심의 여지가 없다.

하지만 다른 부분에서 의문이 느껴진다.

"그런데 왜? 난 아직 제국에 필요할 텐데."

여명탑주를 이렇게 허황된 명분으로 숙청해서 제국이 얻는 게 대체 무엇이란 말인가?

아무리 생각해도 단 하나의 이득조차 떠올릴 수 없었다.

'그렇다고 엘레자르나 드렐타인이 날 적으로 돌려 무슨 이득을 얻는 것인지도 짐작이 가질 않고.'

어쨌든 순순히 죽어 줄 순 없는 노릇이다.

"저기 어딘가에 엘레자르가 있겠지."

디오그레스는 천천히 양팔을 들었다.

"드렐타인 그 친구도 와 있을 테고."

무왕과 대마법사가 손을 잡고 자신을 상대하려 한다.

또 1명의 대마법사로서, 그리고 유서 깊은 여명탑의 주인으로서 결코 허술하게 응대해선 안 될 터.

그의 오른손에 크리스털 지팡이가 잡혔다.

지팡이 끝에서 우아한 빛이 일렁이며 연신 색상을 바꾼다. 그 과정에서 가공할 마력이 퍼져 나온다.

여명탑주의 신물, 새벽너울의 지팡이였다.

손아귀에 권능을 움켜쥔 채 제국의 대마법사는 싸늘한 음성을 토했다.

"다들 손님맞이를 준비하도록."

여명의 탑

황야 한복판에 우뚝 솟은 검푸른 여명의 탑.

그 앞에서 몇몇 병사들이 목청을 높이고 있었다.

"일곱 여신의 이름으로 명하노니!"

"순순히 문을 열고 항복하라, 디오그레스 콜론!"

"그 큰 죄악을 저지르고도 어찌 부끄러운 줄 모른단 말이냐!"

여명탑을 향해 외치고 있지만, 정작 여명탑의 마법사들이 들으라고 외치는 소리는 아니다.

이곳에 모인 병사들의 숫자가 무려 수천이었다. 그리고 이들은 이제 곧 무시무시한 여명탑주, 디오그레스 콜론과 맞서야 하는 운명이다.

그렇다면 병사들에게도 왜 자신들이 목숨 걸고 대마법사 씩이나 되는 존재와 싸우게 된 건지 정도는 알려 줘야 하지 않겠는가? 그래야 사기 유지가 될 테니까.

어차피 이들도 디오그레스가 진짜로 항복할 거라 믿고 소리치는 건 아닌 것이다.

그래서, 정말 여명의 탑 1관문이 열렸을 때는, 외치던 병사들도 기겁하며 뒤도 돌아보지 않고 달아났다.

항복하지도 않을 이들이 정문을 연다면 이유는 하나뿐이니까.

쿵쿵쿵쿵!

거의 100기에 달하는 쇠로 된 인형들이 창과 칼을 들고 탑 밖으로 쏟아져 나오기 시작했다. 하나같이 2미터에 달하는 커다란 덩치였다.

그 모습을 본 기사들이 긴장하며 외쳤다.

"저건?"

"꼭두각시 병사들이다!"

"전원 전투준비!"

마법 중엔 대지로부터 골렘을 소환해 조종하는 수법이 존재한다.

하지만 이는 생각보다 널리 쓰이는 전투 방식은 아니었다.

제아무리 뛰어난 마법사라도 골렘 조종은 인당 1~2기 정도가 최대인 탓이다.

이는 일종의 감각적인 문제라, 마력이나 마법 실력으로 기량이 높아지질 않는다.

비유하자면 양손, 양발로 동시에 다른 글자나 그림을 그리는 것과 비슷한 능력을 필요로 하는 것이다.

뭐, 요새 7왕국 연합에 골렘 수십 기를 동시에 다루는 어마어마한 천재가 나타났다는 소문도 돌긴 하지만 이를 믿는 제국의 마법사는 거의 없었다.

거짓말을 해도 좀 적당히 해야지, 역사상 가장 뛰어난 골렘술사가 골렘 4기를 동시에 다루는 수준이었는데 수십 기가 말이 되나?

그래서 마법사가 다수의 소환체를 다루기 위해서는, 처음부터 조건에 맞는 특수한 소환체를 따로 제작할 필요가 있다.

그것이 바로 이 꼭두각시 병사였다.

보통은 목재로 만드는 게 대부분인데 역시 여명탑쯤 되니 단가 높은 강철을 잔뜩 부어 꼭두각시 병사를 만들어 놓고 있었다.

2미터의 강철 인형이 창과 칼을 들고 병사들을 덮쳐 갔다. 사방에서 육중한 발소리가 울렸다.

쿵! 쿵! 쿵! 쿵!

피육으로 이루어진 인간과 쇳덩어리 인형의 대결, 상식적으로 상대가 될 리 없다. 이쪽은 강철을 베지 못하는 이상 아무 피해도 주지 못한다.

즉, 강철을 벨 수 있으면 별문제 없다는 소리다.

"흥!"

"꼭두각시 병사 따위로!"

"우리 검을 막을 수 있을 것 같나!"

10여 명의 기사들이 병사들 앞으로 튀어 나갔다. 드렐타인의 군세에 속해 있는 적색급 오러 유저들이었다.

저마다 붉은 투기검을 발하며 강철 인형들에게 눈부신 참격을 가한다.

그때마다 꼭두각시 병사들의 팔다리가 수수깡처럼 잘려나간다.

탑 안쪽에서 꼭두각시를 조종하던 여명탑의 마법사들이이를 갈았다.

"윽!"

"제길, 역시 오러 유저들은……."

강철로 만든 꼭두각시 병사들은 물론 강력한 무기이지만, 약점도 명확하다.

너무 무겁고 느리다. 도저히 적의 공격을 피하거나 할 수가 없다.

하물며 인간의 한계를 뛰어넘은 오러 유저의 스피드라면감히 따라잡을 엄두조차 나지 않는다.

게다가 일반 병사라 해서 강철 꼭두각시 병사들을 상대하지 못하는 것도 아니었다.

"흥!"

"사슬과 밧줄을 던져라!"

"꼭두각시 병사들을 상대하는 수법쯤은 충분히 훈련되어 있어!"

세상에 알려진 수법은 반드시 파해법도 존재하기 마련이다.

심지어 이들은 자신들의 적이 마법사 집단이란 걸 이미 알고 쳐들어왔다. 당연히 대책쯤은 충실히 준비해 놓았다.

쿵! 쿠쿵!

전장 곳곳에서 강철 인형들이 썰리고 쓰러져 갔다.

그에 비해 제국군의 피해는 극히 적었다. 부상자는 제법 있었지만 사망자는 하나도 없었다.

기세등등한 첫 등장에 비하면 상당히 볼품없는 결과였다.

그럼에도 기사들의 표정은 여전히 굳어 있었다.

저 여명탑이 이런 결과조차 예상 못 하고 꼭두각시 병사들부터 내세웠을 리가 없는 것이다.

뭔가가 더 올 것이 분명하다!

과연, 여명탑의 정문이 다시 한번 열렸다.

문을 나선 이는 1명의 인간이었다.

크리스틸 지팡이를 쥔 50대 사내가 눈앞의 군세를 살피며 태연하게 중얼거린다.

"음, 이 정도면 되었군."

기사들의 안색이 창백해졌다.

"……디오그레스 공?"

"여명탑주다!"

탑 최상층에서 자신들을 내려다보고 있던 대마법사가 갑자기 1층에 모습을 드러냈다.

적의 수괴가 전장 가장 선두에 나타났다면 과연 무엇을 의미하는 것일까?

"저자가 대마법사인가?"

"그럼 저자만 붙잡으면!"

"우리가 이긴다!"

이게 생각 짧은 일반 병사들의 생각이었고, 노련한 고참병들이나 기사들은 보다 현실적인 판단을 내리고 있었다.

"큰일 났다!"

"대마법사가 벌써 모습을 드러냈다고?"

"젠장! 뭔 짓을 하려고?"

디오그레스가 새벽너울의 지팡이를 천천히 들어 올렸다.

"엘레자르가 나오려면 이 정도는 해 줘야겠지."

나직이 읊조리며 전신의 마나를 차분히 회전시킨다.

"내 적은 억압될 것이다……."

보이지 않는 파문이 여명탑을 중심으로 크게 퍼졌다. 동시에 탑을 포위하던 수천의 제국군이 일시에 무릎을 꿇었다.

"억!"

"큭!"

"뭐, 뭐야?"

갑자기 몸이 몇 배나 무거워진 느낌이었다.

마법전에 익숙한 기사들은 곧바로 공격의 정체를 깨달았다.

"중력 주문이다!"

그리고, 깨달음과 동시에 공포를 느꼈다.

원래 중력 주문은 사방 1미터 정도, 인간으로 치면 잘해야 1~2명 정도를 짓누르는 것이 상식이었다.

그런데 지금 디오그레스가 펼친 마법은 무려 수 킬로미터에 달하는 영역을 모조리 제압하고 있다!

"크윽!"

"모, 몸이 무거워…….."

병사들의 움직임이 둔해지자 전세가 뒤바뀌기 시작했다.

느릿느릿 움직이던 강철 인형들의 공격에 나가떨어지는 병사들의 숫자가 늘어만 갔다.

이젠 병사들도 똑같이 느려졌으니, 도저히 피할 방법이 없는 것이다.

'똑같이 몸이 무겁고 느리다면, 보다 힘이 세고 신체가 단단한 쪽이 유리하겠지.'

물론 이대로 똑같은 조건을 유지할 생각은 없다.

무릇 전쟁이란 상대의 유리함을 없애는 것 못지않게 아군의 불리함도 지워야 하는 법이다.

디오그레스는 머리 위로 치켜들었던 새벽너울의 지팡이를 대지에 가져갔다.

"나의 인형들아, 다시 일어나 땅을 걸으라."

수백에 달하는 강철 꼭두각시들 주위로 마나의 빛이 피어올랐다. 저들을 얽매던 사슬이며 밧줄 등이 모조리 끊어지고 불타 버렸다.

자유로워진 강철 인형들이 더더욱 원활한 움직임으로 날뛰기 시작했다.

쿵쿵쿵쿵!

아군이 밀리기 시작하니 오러 유저들도 가만있진 않았다.

"제길!"

"병사들이!"

대형을 흩트리면서까지 꼭두각시 병사들의 전진을 막는 데 집중한다.

여전히 오러 유저의 투기검은 강철 인형들에게도 치명적이었다.

잠시 기울어졌던 승부의 천칭이 또다시 제국군 쪽으로 기울어졌다.

디오그레스는 여전히 태연했다.

수많은 사람들의 생사가 오가는 이 거대한 전장조차도 그에겐 그저 거대한 체스 판에 불과한 듯 여기는 표정이었다.

새벽너울의 지팡이를 크게 돌린다. 위와 아래가 바뀌며, 지팡이의 머리가 땅 쪽으로 향한다.

"창공의 빛이여."

굉음이 울렸다. 하늘의 형태가 바뀌었다.

쿠우우웅!

빛이 빛을 낳고 또 빛을 낳는다. 무수한 빛의 창이 끝없이 연성되며 늘어만 가기 시작한다.

순간 사람들은 말문을 잃었다.

"저, 저건 대체?"

수천 자루 빛의 창이 하늘을 가득 뒤덮고 있었다.

너무도 압도적으로 많은 숫자라, 마치 하늘 전체에 빛의 커튼이 드리워진 듯한 착각마저 일 정도였다.

"어떻게 저런 일이……."

동쪽 하늘에서 서쪽 하늘까지, 지평선 끝에서 끝까지.

시야에 들어오는 하늘이 온통 찬란히 빛난다.

디오그레스가 오른손을 들어 강하게 쥐었다.

"여명의 창이 그대들을 멸하리라."

무시무시한 파공음과 함께 수천의 광창이 일제히 전장을 급습했다.

"으, 으아아악!"

"피해!"

그것은 파괴의 폭우 그 자체였다.

제국의 군세 전체가 빛무리에 휘말려 폭음과 비명에 잠겨 갔다.

그러나, 의외로 피는 그리 많이 흐르지 않았다.

전황을 지켜보며 디오그레스가 안도의 한숨을 내쉬었다.

"다행히 공격 범위가 제대로 지정되었군."

입으로는 멸하느니 어쩌니 했지만 실제로는 최대한 인명 피해가 없도록 마법을 시전하고 있었던 것이다.

비록 상황이 이리되어 적으로 만났지만 저들 또한 제국의 소중한 백성들이었다. 이런 자리에서 죽이고 싶진 않았다.

물론 빛의 창에 처맞고 있는 병사들 생각은 좀 다르겠지만.

"으으아악!"

"아아악!"

분명히 디오그레스는 최대한 정중하게, 비살상적인 의도를 듬뿍 담아 마법을 구사했다.

하지만 무심코 던진 돌에도 개구리는 맞아 죽는 법이라 했던가?

워낙 돌을 많이 던지고 있으니 죽어 가는 개구리도 많다!

"제길! 마법병단은 뭘 하고 있나!"

본진에서 그 모습을 지켜보던, 제국군의 지휘관 중 하나이며 드렐타인의 심복이기도 한 데잘 경이 치를 떨었다.

"마법 공격을 막는 건 당신들의 임무가 아니오!"

함께 본진을 지키던 마법병단의 수장, 에드텔 공이 굳은 얼굴로 답했다.

"막고 있습니다."

"엉?"

"……최선을 다해 막고 있단 말입니다!"

데잘 경은 의아해했다.

사방이 빛의 창이고 끔찍한 파괴의 연속인데 대체 뭘 어디서 막고 있단 말인가?

하지만 에드텔 공은 차마 답을 해 줄 수 없었다.

그는 마법병단이 뭘 하고 있는지 똑똑히 알고 있었던 것이다.

현재 저 무수한 빛의 폭우 사이, 작게나마 우산처럼 몇몇 마력의 장막이 펼쳐져 있다. 그래서 그 주위는 어떻게든 공세로부터 조금 안전하다.

저게 다였다.

이 수 킬로미터에 달하는 방대한 공격 범위 속에서, 고작해야 수 미터를 막는 것이 전부.

'이게 대마법사의 권능인가…….'

단 한 사람의 권능이, 수천의 군대를 막고 수많은 이들의 운명을 결정짓고 있다.

그야말로 신화의 한 장면 같은 모습이다.

에드텔이 허탈한 듯 중얼거렸다.

"……9서클과 10서클 사이에 이 정도로 엄청난 격차가 있었단 말인가?"

허공에 비친 전투의 영상을 바라보며 카르나크가 고개를 끄덕였다.

"역시 디오그레스야. 보통이 아니네."

바로스도 몸을 부르르 떨었다.

"아으, 안 좋은 기억이 떠오르는구만요. 왕년에 저도 저거 많이 맞아 봤는데."

흑발의 미녀가 영상을 가리키며 입을 열었다.

"한동안 이렇게 전투가 이어졌습니다, 카르나크 님. 여기서부턴 좀 빨리 돌릴까요?"

"그래, 이걸 일일이 다 챙겨 볼 수야 없지."

미녀가 빛의 영상을 조작하자 소리가 사라지고 영상의 속도가 빨라진다.

그녀를 돌아보며 카르나크가 칭찬을 건넸다.

"아무튼 잘했다, 말로카. 덕분에 당시의 상황을 생생하게 파악할 수 있게 되었어."

아무리 정확하게 서술한다 한들 서신으로는 정보를 전달

하는 데 한계가 있다.

그래서 말로카는 아예 여명탑 근처에서 일어난 전투를 통째로 영상화해서 들고 온 뒤, 사령술을 이용해 허공에 재생하는 중이었다.

세라티가 깊디깊은 한숨을 쉬었다.

"하아, 그동안 도리를 벗어난 광경을 많이 봐서 이제는 좀 익숙해졌겠거니 했는데……."

그리고 허공에 빛을 쏘아 영상을 비추고 있는 일명 '사령술 영사기'를 노려보았다.

"어쩜 매번 이렇게 새로운 악행이 나오는 걸까요?"

바로스와 카르나크가 동시에 고개를 갸웃거렸다.

"악행?"

"그냥 평범한 병사 머리통인데, 왜?"

그렇다.

이 전투 영상은 목 잘린 병사의 머리통을 통해 쏟아지고 있었다.

보다 정확히 말하면, 잘린 머리통의 양쪽 안구를 통해서.

전투에 참가한 병사의 머리통을 잘라, 주위의 다른 정보도 잔존 사념을 통해 채집한 뒤, 사령술을 걸어 당시의 전투를 생생하게 재현하고 있는 것이다!

그야말로 눈 뜨고 보기 힘든 참혹한 광경이다만…….

"어차피 죽은 시체를 재활용하는 것일 뿐인데?"

역시나 왕년의 사령왕께선 뭐가 문제인지 전혀 이해가 안 가시는 듯했다.

"이 병사의 영혼은 이미 피안으로 넘어갔어. 딱히 고통받는 사람도 없고."

"아니, 그러니까……."

한마디 더 하려던 세라티가 고개를 저었다.

어쨌건 당장 제국 측 정보가 필요한 것은 사실이었다.

"일단 마저 봐요. 보고 나중에 이야기해요."

무수히 쏟아지는 빛의 창들, 그 광경은 과연 엄청난 위력을 지니고 있었다.

그럼에도 의외로 많은 사상자가 발생하진 않았다.

연달아 폭음이 일어나지만 정작 빛의 창이 제국군을 정통으로 노리진 않는다. 단지 병력과 병력 사이, 부대와 부대 사이를 두들기며 폭발을 이어 갈 뿐이다.

이렇게 하면 당장 죽는 이들의 숫자는 상당히 적어지게 되는 것이다.

그렇다고 병사들의 공포가 줄어드느냐 하면 그렇진 않다.

칼날이 인간의 목을 정통으로 자르는 광경은 물론 두려운 것이겠지. 하지만 내 목 바로 코앞을 스치고 지나가는데 죽지는 않았다고 무섭지 않은 것도 아니다.

"으, 으아악!"

"젠장!"

욕설을 내뱉으며, 제국군은 쏟아지는 빛의 창을 피해 이리
저리 뛰었다.

정신없이 도망치다 보니 우연히 발견한 것이 있다. 마침
빛의 창이 쏟아지지 않는 퇴로가 하나 존재했던 것이다.

자신의 행운, 혹은 여신의 가호에 감사하며 병사들은 열심
히 그곳으로 향해 광창의 공세를 피했다.

하나 이들은 몰랐다.

자신들뿐 아니라 현재 여명탑을 포위한 제국군 대부분이
저 '퇴로'를 찾아냈다는 사실을.

"이런……."

본진에서 전황을 살피며 드렐타인은 혀를 찼다.

제국군 대부분이 여덟 갈래의 길을 통해 정신없이 도주하
는 중이었다.

아마도 자신들은 냉정하게 상황에 대처하며 후퇴하고 있
다고 여기겠지만, 한발 떨어져서 보면 상황이 확실하게 파악
이 된다.

"일부러 도주로를 만들어 주었군."

저 압도적인 광경의 본질은 단순한 시위.

나 이렇게 센 놈이니 함부로 건드리지 말라고 화려하게 어
필하는 것이다.

디오그레스 입장에선 당연히 취해야 할 태도이기도 했다.

여기서 제국군을 몰살시킨다고 제국이 꼬리 말고 물러날까?

그럴 리 없다.

오히려 더 많은 병력과 더 많은 마법사, 오러 유저를 투입해 끝장을 보려 하겠지.

아무리 대마법사라 해도 제국이라는 거대한 힘 앞에선 눈치를 보지 않을 수 없는 것이다.

연신 쏟아지는 빛의 창들이 결국 제국군을 여명탑 외곽까지 몰아붙였다.

공격이 닿지 않는 위치까지 후퇴해 대열을 정비하는 제국군을 보며 드렐타인이 중얼거렸다.

"예전의 우리였다면 이쯤에서 물러났겠지만⋯⋯."

엘레자르가 고개를 저었다.

"지금은 그럴 수 없지요."

디오그레스의 육신을 손에 넣기 위해선 모든 제국군이 죽어도 상관없는가?

물론 그렇다.

어차피 지상의 모든 인간은 결국 언데드로 다시 일어날 운명이니까.

지금 죽으나 나중에 죽으나 뭐 그리 큰 차이가 있겠는가?

"하지만 좀 놀랍긴 하군. 생전의 디오그레스가 이 정도였나?"

마법의 위력 자체는 놀라울 것이 없다. 어차피 전생 때 지겹게 봤다.

하지만 범위와 지속 능력은 감탄이 나온다.

언데드가 된 후라면 모를까, 아무리 대마법사라도 살아 있는 인간의 육신을 지닌 이상 저렇게까지 오래 버티긴 힘들다.

드렐타인은 엘레자르를 돌아보았다.

지금은 그녀도 디오그레스와 마찬가지로 생육신이다.

"당신도 저런 짓이 가능한가?"

엘레자르가 빙그레 웃었다.

단기 결전이라면 저보다 더 엄청난 짓도 저지를 수 있다.

광범위한 마법 공격에 있어선 그녀가 디오그레스보다 전문적이다.

"하지만 저렇게 꾸준히 저지르진 못하겠죠, 지금은."

저건 디오그레스의 능력만으로 가능한 것이 아니었다.

"역시 여명탑은 만만찮네요."

저 엄청난 마력 지속력은 여명탑주로서의 자격이 발동된 결과물이다.

무릇 대마법사쯤 되면 자신의 영역, 모든 마법이 준비된 자신의 영지 내에선 본연의 능력 이상으로 엄청난 권능을 발휘할 수 있다.

천 년 넘게 이어진 여명탑의 주인 된 자격으로 디오그레스는 현재 인간에게 허용된 마력치를 초월해 힘을 쓸 수 있는 것이다.

물론 엘레자르도 자신의 마탑, 플래티넘 타워의 힘을 빌릴 수 있다면 이에 필적하는 마법을 선보일 수 있겠지.

하지만 아쉽게도 그녀의 마탑이 위치한 제도 테아 크라한은 여기서 수백 킬로미터 이상 떨어져 있다.

"그렇다면…….'

드렐타인이 몸을 일으켰다.

"슬슬 내가 나설 차례인가?"

엘레자르가 그를 만류했다.

"기다려 봐요."

그리고 자신의 지팡이, 백금의 여왕을 움켜쥐었다.

"먼저 해야 할 것이 있으니까요."

❋

새벽너울의 지팡이를 치켜든 채 디오그레스는 눈을 가늘게 떴다.

슬슬 노안이 와서 그런지 흐릿하게 보이긴 하지만, 그래도 제국군이 어떤 움직임을 취하고 있는지 정도는 확인할 수 있다.

'물러나려나, 슬슬?'

다행이었다.

'좀 쉴 수 있겠군. 안 그래도 한계였는데.'

여명탑에서 끌어 쓰는 마력은 물론 엄청나지만, 그걸 사용하는 디오그레스는 어쩔 수 없이 평범한 인간의 몸이다.

아무리 대마법사답게 최고의 효율로 마나를 다룬다 해도 부작용이 전혀 없을 순 없는 것이다.

슬그머니 광창의 세례를 거두며 그는 호흡을 골랐다.

'두 사람과 싸울 힘은 남겨 둬야지.'

탑의 힘을 빌린다 해서 평소엔 쓰지 못하는 엄청난 마법을 구사할 수 있는 것은 아니다. 여명탑이 있건 없건 광창의 세례 자체는 구사할 수 있다.

그저 똑같은 마법을 훨씬 오래, 여러 번 쓸 수 있을 뿐.

결국 현재 디오그레스에게 유리한 부분은 지구력이라는 것인데, 당연히 저들도 그 사실을 안다.

'분명 둘이 동시에 덤벼 단기 결전을 노리겠지.'

그런 만큼 디오그레스는 최대한 탑의 힘으로 버티면서 지구전으로 가야 한다.

일단 엘레자르의 정신력을 갉아 내 물러나게 만들면 드렐타인과의 승부도 어느 정도 승산이 있으리라.

'플래티넘 타워를 벗어난 엘레자르라면 충분히 감당할 수 있다.'

문득 디오그레스가 눈을 깜빡였다.

"음?"

저 멀리, 제국군 본진 쪽에 이상한 광경이 비치고 있었다.

굉장히 커다란 탑 같은 것이 천천히 이쪽으로 이동하고 있었던 것이다.

전쟁에 익숙한 이라면 쉽게 알아볼 수 있는 물건이기도 했다.

"공성탑?"

그러니까, 성벽 위에 걸어 놓고 병사들 옮기는 바로 그 공성 병기였다.

그럼에도 디오그레스가 저걸 이상하다고 느낀 이유가 있다.

'저걸 왜 들고 온 거지? 여명탑에는 성벽도 없는데.'

장애물이 없는데 장애물 돌파용 무기가 왜 필요하단 말인가? 혹시 탑 외곽에 걸어 두려고?

의미가 없다. 여명탑은 딱히 공성용 요새가 아니니까.

디오그레스의 마법이 돌파되면 그냥 끝이다.

'그런데 왜?'

공성탑이 점점 더 가까워졌다.

그리고 디오그레스의 표정도 점점 괴이해졌다.

'엥?'

탑 디자인이 어째 좀 예뻤다.

뭔가 전장에서 나와선 안 될 표현인 것 같지만, 예쁘다는 말 외에는 달리 할 말이 없었다.

새하얀 외벽과 그 위에 그려진 우아한 백금의 문양까지.

탑 전체가 하나의 예술품처럼 아름답게 짜여 있었다.

투박한 공성탑과는 전혀 다른 모양새였다.

그제야 디오그레스는 어이가 없어 입을 벌렸다.

"……플래티넘 타워?"

저 미친 제국군 놈들이, 엘레자르의 마탑에 바퀴를 달아서 끌고 오고 있었다!

⁂

영상을 지켜보던 레번과 세라티가 혀를 내둘렀다.

"맙소사……."

"저게 가능한 거예요?"

카르나크가 고개를 저었다.

"나도 좀 놀랐는데……."

자세히 보니 진짜 엘레자르의 마탑은 아니었다.

플래티넘 타워의 중추를 복제한 뒤, 똑같은 구조로 소형화 하여 만든 레플리카 타워다.

"그렇다 해도 미친 짓이라는 점은 변함없지만 말이지."

사실, 저 이동 마탑의 개념 자체는 카르나크도 알고 있었 다. 아니, 대부분의 마법사들이 한 번쯤 들어는 보았다.

마법학계에서 일종의 농담처럼 오가는 이야기다.

마탑에서 자신의 기량 이상을 발휘할 수 있다면, 아예 항상 마탑을 휴대하고 다니면 보다 강력한 마법사가 될 수 있지 않겠냐고.

전략, 전술적으로도 유의미한 결과를 낳을 테니 어느 정도 연구가 진행된 분야이기도 했다.

그럼에도, 이제까진 저런 짓을 실제로 저지른 마법사는 없었다.

왜냐고?

"돈이 너무너무너무너무 많이 들거든."

저건 진짜 마탑 대신 가짜 마탑을 만든 게 아니다. 진짜 마탑과 비슷한 또 하나의 마탑을 추가로 만든 것이지.

제작하는 데 드는 비용과 수고는 거의 똑같단 소리였다.

심지어 거기에 바퀴 달고, 사람 써서 움직이기까지 한다?

대체 얼마나 엄청난 비용이 소모될지 짐작도 가지 않는다.

실제로 영상 속 디오그레스도 비슷한 발언을 하고 있었다.

"제국의 국고를 모조리 비운 건가? 이해를 못 하겠군. 엘레자르가 저 정도로 무책임한 성격은 아닐 텐데?"

하지만 효과가 있다는 점은 부인할 수 없었다.

레플리카 타워가 다가올수록 그 속에 깃든 강대한 마법이 느껴진다.

저 정도라면 진짜 플래티넘 타워의 권능을 60%까지 재현할 수 있으리라.

"아니면 하루 정도의 짧은 시간 동안 100% 가까이 끌어 쓰든가."

디오그레스와의 결전이 그렇게까지 길어지진 않을 테니 아마도 이쪽이 진짜 목표겠지.

영상을 지켜보며 카르나크가 중얼거렸다.

"이거라면 엘레자르도 디오그레스에게 딱히 밀리지 않겠 군."

그때였다.

"저기, 하나만 물어봐도 돼요?"

문득 영상을 가리키며 세라티가 고개를 갸웃거렸다.

"지금 이 영상요, 실제로 일어난 일인 거 맞아요?"

"실제라니?"

"그러니까, 엘레자르나 디오그레스의 발언들 말이에요."

현재 카르나크 일행은 엘레자르나 디오그레스, 드렐타 인 등을 마치 옆에서 지켜보는 것처럼 영상을 통해 보고 있었다.

"저게 진짜로 디오그레스나 엘레자르가 한 말이라면, 대 체 무슨 수로 저걸 알아낸 건가요? 이건 일반 병사들의 잔존 사념을 모아 재구성한 영상이라고 하지 않았어요?"

볼 때는 별생각 없었는데, 뒤늦게 이게 얼마나 말이 안 되 는 일인지 깨달은 것이다.

"저런 이야기들을 남들 앞에서 한 게 아니잖아요? 그렇다

는 건, 사령술은 아무도 모르게 혼자 있을 때 한 말이나 행동
까지 파악할 수 있단 소리인가요?"

말로카가 고개를 저었다.

"물론 불가능하지요. 아무리 사령술이라도 어떻게 그게
가능하겠습니까?"

"그럼 이건 어떻게……?"

"편집한 겁니다."

"……네?"

"그러니까, 엘레자르나 디오그레스가 대충 이런 식으로
말했을 거라 짐작하고 카르나크 님 보시기 편하게 재구성한
영상입니다."

그러자 세라티뿐 아니라 레번의 표정까지 일그러졌다.

"아니, 잠깐만요."

"실제로 저런 말을 했는지 어떤지는 모른다고요?"

그럼 자신들은 대체 왜 여기서 이딴 연극을 보고 있단 말
인가? 결국 말로카의 상상일 뿐이란 소리잖아?

어이없어하는 세라티와 레번을 향해 말로카가 차분히 대
답했다.

"저런 뉘앙스의 말을 한 건 맞습니다. 전장에 남은 죽은
자들의 잔존 사념을 통해 확인한 사실이니까요."

사령술사들 사이에 오가는 격언이 하나 있다.

−죽은 자는 말이 많다!

전장처럼 사람이 많이 죽은 장소라면, 마법으로는 불가능한 정보라도 사령술로는 어렵지 않게 얻을 수 있는 것이다.

워낙 유령도 많고 죽어 가며 남긴 잔존 사념도 강하니까.

이 영상도 정보를 지어냈다기보다는, 상사가 보기 편하게 잘 꾸민 보고서의 역할에 충실하다고 봐야 한다.

"물론 진짜 남에게 알리기 싫은 비밀 대화를 나눴다면, 아무리 사령술이라도 잔존 사념이나 유령들을 통해서 알아낼 수 없어요."

잔존 사념은 상대가 '남겨 주는' 정보이지 이쪽이 '알아내는' 정보가 아니다.

일반인이 비밀 이야기를 나누기만 해도 잔존 사념이 극히 희박해진다. 하물며 대마법사쯤 되면 더욱 심하겠지.

"하지만 이 경우엔 둘 다 별생각 없이 떠들고 있지 않나요? 덕분에 잔존 사념이 꽤 많이 남았답니다."

확실히 엘레자르도 디오그레스도, 옆에 사람들이 있건 없건 신경 쓰지 않고 중얼거리고 있긴 했다.

바로스도 어깨를 으쓱였다.

"둘 다 별로 걱정할 것 없어요. 원래 말로카 공이 이런 건 진짜 잘하거든요."

일행은 다시 영상으로 시선을 옮겼다.

어느 정도 거리가 가까워지자 레플리카 타워 최상부에 엘레자르가 모습을 드러냈다. 본격적으로 디오그레스와 마법전을 벌일 태세였다.

"좋아."

기대하는 얼굴로 카르나크가 중얼거렸다.

"이제야 현재의 엘레자르가 어느 정도 수준인지 확실히 파악할 수 있겠군."

지팡이를 쥔 미녀가 이동 마탑 최상층에 모습을 드러낸다.

"엘레자르……."

디오그레스는 몰이해의 감정을 담아 그녀를 바라보았다.

대체 자신에게 왜 이런 짓을 한단 말인가? 대체 무슨 억하심정이 있어서?

단순히 억울해서가 아니라, 정말로 이해가 가질 않았다.

평소 사이가 나쁘다거나 한 것도 아니었다. 딱히 정적이거나 한 것도 아니다. 거의 왕래 자체가 없었다.

아무리 떠올리려 해 봐도, 엘레자르가 이런 짓을 저질러 얻을 이득이 떠오르지 않는다.

그래서 초반에 아무 대응도 안 하다가 이 상황까지 와 버린 것이다.

디오그레스도 제국이, 특히 엘레자르와 드렐타인이 자신을 사교도의 수장으로 몰아붙인다는 소식 자체는 한참 전에

접했다.

그냥 헛웃음 한번 흘리고 무시했지만.

거짓말도 적당히 해야 속아 주지, 지나치게 비현실적인 이야기인 것이다.

"그저 사교도들이 벌이는 하찮은 수작질로만 여겼거늘……."

더더욱 이해가 안 가는 부분은, 멀리서 자신을 무심히 바라보는 엘레자르 자체였다.

표정엔 조금의 감정조차 실려 있지 않았다.

적의도 살의도, 하다못해 전의조차 보이지 않는다. 그냥 단순히 해야 할 일을 한다는 듯한 태도다.

"디오그레스 콜론……."

엘레자르가 자신의 지팡이, 백금의 여왕을 머리 위로 들어 올렸다.

"조금만 기다려 주세요. 이제 곧 당신을 부르겠습니다."

디오그레스 역시 새벽너울의 지팡이로 맞섰다.

여명의 탑과 레플리카 플래티넘 타워로부터 방대한 권능이 흘러나와 둘을 감싼다.

웅웅웅웅!

보이지 않는 기류가 두 대마법사를 중심으로 회오리치기 시작했다.

하늘이 붉게 물든다.

"나는 천상을 녹여 흘리는 자."

적색으로 물든 하늘이 무너져 내린다.

"한 방울의 불꽃으로 세상을 뒤덮으리니……."

엘레자르는 영창을 이었다.

수백 줄기의 불기둥이 강철 인형들 위로 떨어지고 또 떨어지기 시작했다.

"불이여, 타오를 것을 태울지어다."

하나 강철 인형들은 쉽게 부서지지 않았다. 그 전에 여명 탑에서 빛의 파도가 일어났다.

디오그레스가 재빨리 엘레자르의 마법을 막아 낸 것이다.

"해를 뚫은 별빛이여, 승천하라!"

무수한 번개가 땅에서 하늘로 올라가며 뇌성을 발했다.

우르르릉!

마치 무수히 많은 빛의 용들이 승천하는 듯한 광경이었다.

수십, 수백 갈래의 뇌격이 하늘 곳곳에서 떨어지는 폭염을 격퇴해 갔다.

천지가 개벽하는 듯한 그 광경에 병사들은 벌벌 떨었다.

하나 엘레자르의 반응은 달랐다.

"하긴, 처음부터 전력을 다할 리는 없겠죠."

빙그레 웃으며 그녀가 백금의 여왕으로 허공을 가볍게 두들겼다.

하늘에 마력의 파문이 일더니 땅으로 곤두박질쳤다.

지표면이 호수처럼 출렁이며 무형의 칼날이 솟구쳐 대지를 가르며 질주한다.

콰콰콰콰콰쾅!

반경 수십 킬로미터에 달하는 방대한 대지 위로 거대한 칼자국이 연달아 새겨졌다.

이대로라면 여명의 탑마저 위태로울 지경이었다.

"흥!"

코웃음을 치며, 디오그레스가 새벽너울의 지팡이를 크게 휘저었다.

"고작 이 정도인가?"

사방에서 먹구름이 모여들더니 이내 수백 개의 소용돌이를 토해 냈다.

각각의 회오리에서 냉기의 안개가 퍼져 나간다.

백색 안개에 닿는 순간, 대지를 가르던 무형의 칼날들이 모조리 얼어붙어 행동을 멈춘다.

엘레자르가 눈을 가늘게 떴다.

"어머, 힘을 너무 아꼈나?"

아무래도 좀 더 밑천을 풀어야 할 것 같았다.

그렇게 두 대마법사, 인간의 영역을 벗어난 초월자들은 계속해 마법을 펼쳤다.

무자비한 파괴가 이어지고 또 이어진다.

수천 년에 걸쳐 변해야 할 자연이 수 초 만에 형태를 바꿔 버린다.

실로 끔찍한 비상식의 향연이었다.

반경 수십 킬로미터에 달하는 어마어마한 영역이 고작 두 사람의 의지에 의해 멋대로 재단되는 것이다.

이 속에서는 제국군도 여명탑의 마법사들도, 그저 똑같이 범속한 인간일 수밖에 없었다.

"다들 범위 밖으로 후퇴해!"

"이런 싸움에 말려들어 죽으면 개죽음도 그런 개죽음이 없다!"

제국군은 천재지변을 피해 미친 듯이 도망쳤으며, 여명탑 역시 죽어라 방어 마법을 펼쳤다.

"탑을 지키는 데 전력을 다해라!"

◈

영상 속의 디오그레스와 엘레자르, 두 대마법사의 마전은 얼핏 팽팽한 것처럼 보였다.

하지만 카르나크는 실상을 파악하고 있었다.

"어째 밀리고 있는 것 같은데?"

세라티가 물었다.

"……어느 쪽이요?"

그녀가 보기엔 누가 이기고 지는지도 잘 모를 지경이었다.

마법의 범위가 너무 광대하다 보니 감이 오질 않는 것이다.

게다가 저런 건 직접 마주할 때나 저들이 발하는 마력을 통해 '와, 역시 대마법사는 굉장하구나!'라고 느낄 수 있는 법이다.

이렇게 영상으로만 보면?

"솔직히 말하면, 그냥 천재지변 일어난 장소에서 로브 입은 남녀가 정신없이 지팡이 휘젓고 있는 걸로밖에 안 보이거든요?"

실소하며 카르나크가 영상을 턱짓으로 가리켰다.

"엘레자르가 디오그레스의 마법을 대부분 받아치고 있어. 덕분에 디오그레스는 꽤나 당황하는 눈치고."

디오그레스는 미간을 살짝 찌푸렸다.

딱히 위급한 상황인 것은 아니다. 양쪽 모두 전력을 보이지 않았기에 아직 여유는 있다.

다만 의아한 점이 있었다.

‘어떻게 이렇게까지 내 마법을 읽고 있는 거지? 혹시 정보가 새어 나갔나? 아니, 그럴 리는 없는데.’

정확히는 그럴 리가 없는 게 아니라, 그럴 수가 없었다.

디오그레스 본인조차도 이런 식으로 10서클 마법을 실전에서 구사해 보는 것은 이번이 처음이니까.

애초에 정보가 존재하지도 않는데 어떻게 새어 나간단 말인가?

‘설마 미래를 예지하는 것도 아닐 테고.’

실은 그게 정답이었다.

“이 시대의 당신이 어떻게 나올진 잘 알고 있지.”

디오그레스를 바라보며 엘레자르는 계속 마력을 운용했다.

“미래의 당신이 가르쳐 줬으니까.”

상대가 마법을 구사하면 준비했다가 곧바로 맞받아친다.

마법이 발동된 후 확인하고 받아치는 것은 상당히 많은 마나 소모를 요구하지만, 이렇게 미리 준비해 놓으면 효율적으로 마나 관리를 하며 대응할 수 있는 것이다.

물론 미래의 디오그레스라 해도 모든 부분을 전부 예측하는 건 불가능하다. 자기 자신이 어떻게 움직일지는 스스로도 확신할 수 없는 법이다.

대략 70% 정도 예상하는 것이 한계였다.

물론 동급의 실력자에게 저 정도면 충분하고도 넘치겠지만.

그렇다고 엘레자르가 마냥 여유로운 것만도 아니었다.

계속해 반경 수십 킬로미터의 기운을 조율하며 그녀는 고민했다.

'문제는 지금부터네.'

드렐타인과 손잡고 덤빈다면 디오그레스를 이기는 것은 크게 어렵지 않다. 쓰러뜨리는 것도 충분히 가능하다.

그런데, 육체에 상처를 입히지 않고 이기려 하면 불가능에 가까울 정도로 어렵다.

'진짜 죽일 작정으로 마법을 쓸 수는 없으니…….'

지금이야 워낙 대규모 범위 마법을 서로 구사하고 있어 티가 안 나지만, 결국 시간이 지나면 디오그레스도 엘레자르의 마법 운용이 뭔가 이상하다는 점을 느낄 것이다.

그렇다면 정말 죽일 작정으로 마법을 써야 할까? 디오그레스가 충분히 막을 것이라 기대하면서?

'그러다 아차 하는 순간 정말로 잘못되면 어쩌려고?'

전장의 죽음이란 건 대개 '이 정도면 괜찮겠지.' 싶을 때 찾아오는 법이다. 오랜 경험을 통해 엘레자르는 그 사실을 잘 알고 있었다.

"역시 이럴 땐……."

주변 정황을 살피며 엘레자르는 음산하게 웃었다.

"그분의 지혜를 빌려야겠지."

갑자기 엘레자르가 허공으로 날아올랐다.

눈부신 빛을 휘감은 대마법사가 허공에 떠올라 태양처럼 빛난다.

참으로 위엄 넘치는 모습이라 제국군은 환호했다.

"와아아아!"

참으로 위험한 선택이기도 해서, 디오그레스는 눈살을 찌푸렸다.

'이 상황에서 비행 마법을 선택했나.'

하늘 높은 곳에서 우아하게 불과 번개를 날리는 모습은 분명 수많은 이들이 떠올리는 대마법사의 이미지겠지만, 사실 마법전 중의 비행은 그리 유리한 선택지가 아니다.

떠오른 것은 격추당하기 마련이니까.

"꿍꿍이가 있다는 소리군."

경계하면서도 디오그레스는 비행 마법에 대한 정석적인 대응을 펼쳤다.

"흔들려라, 바람이여. 내 적의 발치를 깨뜨려라."

방대한 마력이 주변의 대기를 흐트러뜨리기 시작했다.

사방으로 폭풍이 몰아닥치며, 우아하게 날아오르던 엘레자르의 움직임이 크게 흔들린다.

그리고 이어지는 무수한 빛의 탄환들.

"얼티밋 매스 매직 애로우."

단순한 1서클 주문을 10서클의 마력과 범위로 날리는 마법이 발동되었다.

수백, 수천에 달하는 마력탄들이 하늘을 뒤덮으며 엘레자르에게 쇄도했다.

엘레자르가 방어막을 펼쳤다.

"모든 것은 막힐지어다."

그녀의 지팡이, 백금의 여왕이 빛을 발하며 커다란 빛의 구가 엘레자르를 감쌌다.

이내 수많은 마력탄들이 빛의 구를 두들겼다.

콰콰콰콰콰쾅!

무지막지한 폭음이 끝없이 이어졌다.

그 한없는 폭격 속에서 엘레자르는 굴 안에 숨은 토끼처럼 마냥 방어막 안에 웅크리고 있을 뿐이었다.

피할 수가 없었다.

비행 마법이 제어되고 있었으니까.

계속해 주위의 대기를 조작하며 디오그레스는 차분히 상황을 지켜보았다.

'전장에서의 비행이 가진 리스크를 그녀가 모를 리 없지.'

아무리 강력한 마법사라도, 아무리 비행 마법의 달인이라도 대기의 마나 자체를 흐트러뜨리면 비행을 유지할 수 없다.

제아무리 잘 만든 배라도 물이 없으면 뜨지 못하는 것과 같은 이치다. 마법사의 실력과는 아무 상관 없는 문제인 것이다.

그래서 비행 주문이 가능한 마법사들도 어지간해선 추락사할 정도로 높은 위치까진 날아오르지 않는 법이었다.

'자, 어쩔 셈이냐.'

그때였다.

부우우웅!

뿔피리 소리가 길게 울려 퍼졌다. 진군을 명하는 소리였다.

디오그레스의 눈빛이 바뀌었다.

'이걸 노린 거였나?'

왜 굳이 날아올랐는지는 알겠다.

자신의 마법을 잠시 허공으로 유도하고 싶었던 것이다. 그 틈에 지상의 군대를 진군시키려고 말이지.

하지만 여전히 이해가 가지 않는다.

두 대마법사의 총력전 때문에 현재 여명의 탑 주위는 지옥도로 바뀌어 있었다.

사방이 불타고 끓어오르고 얼어붙고 갈기갈기 찢어발겨지는 중이다.

평범한 인간이 이곳에 발을 디디면 참으로 비참한 운명을 맞이하게 될 것이다.

'그런데 그곳에 제국군, 앞날이 창창한 제국의 젊은이들을 투입하다니?'

제국의 황실 마법사, 엘레자르 데 리플라시온.

그녀가 분명 성자는 아니다.

평생 제국의 요직을 지내 오며 온갖 정쟁에 휘말린 그녀였다. 필요에 따라선 음흉한 수법도 쓰곤 했다.

딱히 평생을 선하게만 살아왔다곤 할 수 없었다.

하지만 결코 악인은 아니었다.

인간이 지켜야 할 도리는 반드시 지켰다. 넘지 말아야 할 선을 넘은 적도 없었다.

물론 남들이 보지 않는 곳에서 몰래 뭔 짓을 했는지는 디오그레스도 알지 못하지만, 최소한 대외적으로 알려진 바는 그랬다.

인간의 성향을 선과 악으로 나눈다면 엘레자르는 분명 선쪽에 위치한 자.

그것이 위선이건 뭐건, 결코 애꿎은 사람들을 사지로 몰아넣을 이는 아니다.

'아니, 선악을 떠나서 단순히 상황만 봐도 이상하지.'

굳이 이 천재지변 속에 제국군을 진격시켜 대체 무엇을 얻을 수 있는지 도저히 모르겠다.

왜 아까운 병력을 쓸데없이 낭비한단 말인가?

디오그레스가 인상을 쓰며 중얼거렸다.

'대체 진짜로 노리고 있는 게 뭐냐, 엘레자르?'

나아가라는 명령이 떨어졌다.

번개가 내리치고 불길이 일렁이며 대지가 갈라지고 공기가 들끓는, 오직 죽음만이 기다리는 천재지변 속으로.

목숨이 소중한 자라면 누구라도 반발하지 않을 수 없으리라.

"저, 저기로 진군하라고요?"

"무슨 그런 말도 안 되는!"

"다 죽을 겁니다!"

병사들이 공포에 질려 떨었다.

기사들이 애써 그들을 독려했다.

"대마법사님을 믿어라!"

"그분께서 우리를 지켜 줄 것이다!"

"그렇지 않다면 이런 명령을 내리셨겠느냐?"

기사들 역시 두렵지 않은 것은 아니었다. 하지만 그들에겐 나름 믿는 바가 있었다.

누가 봐도 말도 안 되는 명령이었다.

그럼에도 이런 명령을 내렸다는 것은, 뭔가 상상도 못 할 반전의 한 수가 있기 때문 아니겠는가?

심지어 명령을 내린 자는 이 천재지변을 일으킨 당사자다!

"믿고 나아간다!"

"엘레자르 님이 지켜 주실 것이다!"

기사들이 앞장서 나아갔다.

병사들도 뒤를 따랐다.

"그, 그래!"

"대마법사님께서 우릴 죽음으로 몰아넣을 리가 없지!"

죽음으로 향할 뿐인 길을 굳이 걸으라 한 것에는 필경 이유가 있을 터!

수많은 군세가 지옥으로 향한다.

이윽고 군대의 선두가 지옥에 발을 디뎠다. 그리고 배신당했다.

대마법사는 그들을 지켜 주지 않았다.

숨 쉬는 것만으로 폐가 타오르고 걷는 것만으로 피부가 갈라진다.

도저히 산 사람이 버틸 수 있는 환경이 아니었다.

사방에 비명이 메아리쳤다.

"아아아악!"

"으아아악!"

이상하다.

뭔가 잘못됐다.

선두에 선 이들이 발걸음을 돌렸다. 그러나 그들은 후퇴할 수 없었다.

이미 대열이 통째로 나아가고 있었으니까.

뒤에서 밀어 오는 힘 때문에, 앞장선 이들에겐 그저 나아가는 것 외엔 다른 선택지가 없는 것이다.

앞에서 비명이 아우성치는데도 왜 뒤에서 계속 밀어붙이냐고?

무수한 인파 속에 갇힌 이들에겐 상황이 보이지 않는 법이다.

앞에 선 이들이 죽고 또 죽어 가도…….

"아아악!"

무수한 불길이 인간을 태우고 또 태워도…….

"크어억!"

바로 앞 사람의 등이 그 모든 것을 가려 버린다.

눈이 가려진 병사는 아무것도 모르고 그저 명령에 따라 밀고 나아갈 뿐

그리고 마침내 선두가 되어, 죽어 간다.

"아아아악!"

그렇게 제국군은 계속 나아갔다.

불을 밟고 독을 마시며, 죽음을 향해서.

꒒

디오그레스는 차분히 마법을 구사했다.

"가라앉아라, 가호하라, 내리고 흩날려라."

새벽너울의 지팡이도 연신 마력을 토해 냈다.

온갖 마법을 구사하며, 지옥에 빠진 제국군을 구하기 위해 애쓴다.

하지만 쉽지 않았다.

이미 두 대마법사의 마력이 어지럽게 얽힌 형국이었다.

지금 사방에 펼쳐진 지옥도는 그 끔찍한 마법전의 결과물. 그걸 다시 풀어 헤치려면 훨씬 더 많은 마나를 필요로 하는 것이다.

대마법사인 디오그레스조차도 저들 모두를 구할 순 없었다.

심지어, 정작 제국군을 구해야 할 엘레자르는 멀뚱히 지켜 보고만 있지.

어째서일까?

'혹시 제국군을 통째로 인질로 쓴 건가? 내 마력을 소진시 키려고?'

그건 아닌 것 같았다.

이런 식으로 제국군을 희생시켜 봤자 디오그레스가 전투 불능이 될 정도로 탈진하거나 하는 건 아니다. 그냥 엘레자 르보다 '조금 더' 마나를 소모할 뿐.

'이건 아무리 봐도 일부러 제국군을 죽이려고 한 짓인 데……'

그때였다.

사방에 메아리치는 비명 속에서 마법으로 증폭된 음성이 전장을 가득 메웠다.

"이 무슨 끔찍한 짓이냐!"

디오그레스의 외침이 아니었다.

엘레자르였다.

"아무리 사교에 빠졌다 하나, 그대 역시 제국의 대마법사였다!"

이 모든 지옥을 펼친 엘레자르가, 오히려 디오그레스를 힐난하고 있었다.

"어찌 이런 죄악을 벌일 수 있단 말이냐?"

여명탑의 마법사들이 서로를 돌아보며 눈을 깜빡였다.

'죄악? 무슨 죄악?'

'디오그레스 님이 뭘 했다고?'

제국군은 디오그레스의 마법에 의해 죽어 간 게 아니다.

이 천재지변은 두 대마법사의 합작품이고, 제국군을 사지로 밀어 넣은 것은 틀림없이 엘레자르다.

너무 뜬금없어서 어이없다는 느낌조차 들지 않았다.

'대체 무슨 소릴 하고 있는 거야?'

해답은 곧바로 나왔다.

"크아아아!"

포효와 함께, 불타는 대지 위에서 불타는 시체가 몸을 일으키기 시작했다.

죽어 갔던 제국군이 언데드로 부활하고 있었다.

순식간에 수백의 언데드 군세가 제국군 앞을 가로막는다. 그 광경을 본 제국 기사들이 치를 떨며 외쳤다.

"여명탑주가 결국 사령술을 쓰기 시작했다!"

"다들 파사의 부적으로 몸을 지켜라!"

다들 이 언데드를 만든 이가 디오그레스임을 믿어 의심치 않는 모습이었다.

당연하다.

애초에 디오그레스의 죄목이 바로 사교단의 비밀 수장이라는 것 아니었나?

사교도가 사령술을 쓰는 것은 전혀 이상할 것이 없는 것이다.

심지어 여명탑의 마법사들마저도 잠깐 혼란이 올 지경이었다.

'서, 설마?'

'정말 디오그레스 님이?'

물론 디오그레스 본인은 자신의 짓이 아니란 걸 그 누구보다도 잘 안다.

그는 오히려 후련한 듯 웃고 있었다.

'그런 거였군.'

이 상황에서 나오는 답은 하나뿐이다.

'엘레자르가 진짜 사교도의 수장이었다, 이거지?'

동시에 모든 의문이 해결되었다.

왜 자신을 사교도로 몰았는지, 그리고 그것이 어떻게 이렇게나 사람들에게 신빙성 있게 받아들여진 건지.

'과연, 그렇다면 저들이 왜 저런 식으로 행동하는지도 납득이 가는군.'

다만 아직도 풀리지 않는 의문이 하나 남아 있긴 했다.

엘레자르는 저 언데드 군세를 디오그레스가 저지른 짓이라고 주장하고 있었다.

그가 사령술을 써서 제국군을 언데드로 바꾸었다고.

그런데 저 언데드 제국군을 어쩔 셈인 걸까?

'언데드로 바뀐 제국군이 계속 여명탑을 공격한다면 지나치게 어색한 상황일 텐데?'

이걸로 엘레자르가 얻는 것이라곤, 디오그레스가 사교도라는 증명을 더욱 굳히는 것뿐이다. 그 외엔 오직 제국군의 피해만 커진다.

그렇다면 애초에 제국군을 죽이기 위해 이런 짓을 저지른 걸까?

그렇다기엔 엘레자르도 잃는 것이 너무 많았다.

그녀가 제국군의 총지휘관인 이상, 군의 피해에서 자유로울 수는 없는 법이다.

'아니면, 여기서 뭔가 또 있나?'

디오그레스의 예상은 맞아떨어졌다.

"두려워 말라, 제국의 정병들아!"

도로 레플리카 타워에 착지한 엘레자르가 제국군의 머리 위 하늘에 증폭 음성을 토해 내고 있었다.

"어둠은 진정한 빛 앞에 무릎 꿇는 법! 다행히 내게 저 어둠을 제압할 마법이 있노라!"

낭랑한 외침과 함께 마법 영창에 들어간다.

"정명한 법칙의 힘으로 사법을 다스려 내 손에 놓을지니……."

디오그레스의 표정이 살짝 굳었다.

"저 마법은……."

최근 7왕국 연합 쪽에서 전해진 기이한 마법이 하나 존재한다.

150년 전 유스틸 왕국의 한 궁정 마법사가 창안했다는, 오직 사령술에 대항할 때만 효과가 있다는 특이한 마법이었다.

꽤나 신선한 방식의 술식이라 디오그레스도 대강 훑어본 적은 있었다.

마법 자체는 쉬운데 정작 실전에 사용하는 요령이 영 이해하기 어려워 실제로 써먹어 본 적은 없지만.

그 새로운 마법이 엘레자르의 손에서 펼쳐졌다.

"나, 어둠의 죄악을 대속하는 자가 되리라, 리디머 오브 네크로맨시!"

눈부신 빛이 전장을 덮었다. 동시에 언데드들이 빛의 사슬에 휘말려 움직임을 멈췄다.

파아아아앗!

그 광경에 제국군이 소란스러워졌다.

"이, 이건…….."

"소문으로만 듣던 그 마법?"

사실 사법의 대속자는 일반인들에게도 꽤나 소문이 퍼져 있었다.

종말의 어둠이 사방에서 창궐하고 사령술사의 존재가 뒷산의 맹수만큼이나 흔해진 시대다.

그런 시대에 사령술에 대한 특별한 마법이 새로 나왔다는데, 관심을 안 가질 수가 있을까?

"과연! 엘레자르 님도 저 마법을 쓰실 수 있군!"

"당연하지! 고작 20대의 햇병아리도 쓰는 마법인데 대마법사께서 못 쓸 리가 없잖아!"

제국군의 앞을 막던 언데드들이 도로 머리를 돌렸다. 그리고 오히려 불길을 가르며 나아가기 시작했다.

그렇다!

역시 대마법사는 그들을 배신한 게 아니었다!

흥분한 제국의 기사가 검을 뽑아 겨누며 기세등등하게 외쳤다.

"전군, 진격!"

천재지변의 전장 사이로 산 자와 죽은 자의 제국군이 다

함께 나아간다. 그리고 여명탑을 방어하는 강철 인형들과 전투를 벌인다.

두 대마법사는 마전을 통해 서로가 서로를 견제하고 있었다. 덕분에 지상의 전투는 전적으로 각 군의 운용에 따라 진행되는 중이었다.

전황은 확실하게 제국군의 우위였다.

그저 단순하게 움직일 뿐인 디오그레스의 강철 인형과 달리, 엘레자르의 언데드 병사들은 실제 군대처럼 정교하게 전장을 오가는 것이다.

"역시 테스라낙 님의 말씀대로야."

엘레자르는 빙그레 웃었다.

이 수법은 원래 사령왕 테스라낙이 애용하던 방식이었다. 그걸 조금 가져다 써 본 것인데, 상당히 효과가 좋다.

"인간사 대부분의 문제는, 인간이 죽으면 대체로 해결되는 법이라 하셨지, 아마?"

영상을 지켜보던 바로스가 신기하다는 듯 말했다.

"어, 저거 도련님 말버릇이잖아요?"

"그러게 말이다. 그런데 저쪽에선 테스라낙 말버릇인 모양인데."

"그런데 저거 도련님이 만드신 말은 아니잖아요? 사실은 표절……."

"시끄러."

"넵."

바로스의 입을 다물게 한 뒤 카르나크는 계속 영상을 지켜보았다.

전황은 더더욱 수라장으로 빠지고 있었다.

지상에선 제국군이 여명탑을 향해 진군하고, 하늘에선 엘레자르가 디오그레스의 마법을 묶어 놓는다.

그리고 그 너머로는?

눈부신 황금의 오러를 발하는 기사가 디오그레스를 향해 일직선으로 나아간다!

"흥! 하찮은 인형들 따위가!"

과연 크레타스의 무왕이었다.

고작 강철 인형 따윈 그에겐 수수깡으로 만든 장난감만도 못한 듯했다.

그의 접근을 눈치챈 디오그레스가 미간을 구겼다.

"드렐타인 경인가?"

이미 엘레자르에게 묶인 몸이었다.

여기서 크레타스의 무왕이라는 또 1명의 절대자를 맞이하게 된다면 결과는 확실해진다.

"이렇게 된 이상……."

각오를 굳히며 디오그레스가 새벽너울의 지팡이를 땅에 내리쳤다.

"여명탑의 비전을 해제한다!"

지팡이가 박살 나며 무수한 파편이 사방으로 비산하기 시작했다.

눈부신 크리스털의 빛이 영상을 가득 메웠다.

파아아아앗!

기대에 찬 눈으로 카르나크가 턱을 매만졌다.

'슬슬 본실력을 드러내나?'

여태껏 디오그레스와 엘레자르가 선보인 마법은 물론 굉장했다. 일반인들에겐 그야말로 세상이 멸망하는 것처럼 느껴졌을 것이다.

그럼에도 대마법사 기준에서는 적당히 힘을 아끼며 상황을 지켜보는 수준인 것이다.

'하지만 이젠 드렐타인까지 참전했으니 더 이상 힘을 아낄 상황이 아니지.'

그때였다.

팟!

영상이 끝났다. 죽은 병사의 안구가 도로 감기고 빛이 사라졌다.

"……어?"

"엥?"

카르나크가 당황하며 흑발의 미녀를 돌아보았다.

"뭐야, 말로카? 이거 고장 났냐?"

그녀가 어깨를 으쓱였다.

"여기까지입니다."

"뭐가?"

"제가 수집한 정보는 여기까지라고요."

잠시 멍한 표정을 짓던 카르나크가 발작을 일으켰다.

"야! 아무리 그래도 그렇지, 여기서 끊는 게 어디 있어? 사람이 양심이 있어야지!"

"사람 아닌데요."

추가로, 아크 리치라서 양심도 없지.

뭐, 그녀에게도 나름대로 합당한 이유는 있었다.

이 영상은 말로카가 직접 만든 허상이 아니다.

어디까지나 전장의 잔존 사념과 유령들의 기억을 토대로 재구성했을 뿐이다.

"흥미진진하게 전개하겠답시고 제멋대로 뒷내용을 추가하면 정말로 망상이 되어 버리잖습니까?"

말로카는 사령술 영사기, 그러니까 죽은 병사 머리통을 도로 챙겼다.

세라티가 아쉬워하며 물었다.

"그럼 이후 전투가 어찌 된 건지는 전혀 모르는 건가요?"

"잔존 사념은 더 이상 남아 있지 않았습니다."

말로카가 차분히 말을 이었다.

"반대로 말하면, 이후부터는 저들이 진심으로 싸웠다는 증거이기도 하겠죠."

애초에 잔존 사념은 무의식중에 남기는 사념이라, 본인이 남에게 알리고 싶지 않은 내용은 잘 남지 않는다.

예를 들어, 식사 광경이나 산책 풍경 등은 잔존 사념으로 쉽게 남는다.

남들이 보아도 별 상관없다고 여기는 일상이니까.

반면 화장실을 다녀오는 장면은?

이건 평범한 일반인이라고 해도 거의 남지 않는다. 남에게 보여 주고 싶지 않은 장면이니까.

잔존 사념 탐색이 세상 사람들을 죄다 엿볼 수 있는 만능 정탐 마법은 아닌 것이다. 어디까지나 한계가 뚜렷하다.

"대마법사도 무왕도, 모두 남들에게 함부로 보이지 않는 비전의 마법이나 절기를 사용해서 사투를 벌였을 겁니다. 그렇기에 잔존 사념도 전혀 흘리지 않았을 테고요."

옆에서 듣고 있던 레번이 다른 질문을 던졌다.

"그렇다면 그 전투를 멀리서 본 일반 병사들의 사념은 어떻습니까?"

일반 병사들이 저 전투를 굳이 비밀로 여겼을 것 같진 않다.

오히려 떠들지 못해 안달이지 않을까?

원래 군대 다녀온 병사들이 온갖 허풍 떠는 건 상식 아닌가?

말로카도 동의했다.

"그건 있습니다. 봐도 소용없지만요."

"봐도 소용없다고요?"

그녀가 도로 사령술 영사기(?)를 켰다.

잠시 후 레번은 이유를 깨달았다.

"어, 정말 소용없군요."

분명히 화면에 대마법사들의 전투 영상이 비치긴 했다.

그 내용이 죄다 번쩍번쩍, 우르릉 쾅쾅, 으악으악이 전부라 그렇지.

여기서부터는 초월자들의 전투에 휘말린 일반인의 시점인 것이다. 뭐가 어떻게 돌아가는지 전혀 알 수 없었다.

"나머지는 소문으로 확인할 수밖에 없겠군."

영상 끄라고 시킨 뒤 카르나크가 물었다.

"그래서 디오그레스는 어떻게 됐대?"

말로카가 공손히 답했다.

"일단 엘레자르 측 발표는 이렇습니다."

사악한 검은 신의 수장, 사교도 디오그레스 콜론이 도주해 행적을 감추었다. 이에 제국 전역을 수색하여 그를 찾아 여신의 이름으로 벌하겠다!

바로스가 미심쩍은 듯 물었다.

"정말 놓친 겁니까, 아니면 뒤로 꿍쳐 놓고 시치미 떼는 겁니까?"

엘레자르의 성격이라면 후자일 가능성도 꽤나 큰 것이다.

하나 말로카는 고개를 저었다.

"정황상, 정말로 놓친 것으로 보입니다."

실제로 제국 전역에 광범위한 수색망이 펼쳐지고 있었다.

파사의 여단도 바쁘게 움직이고 있으며, 엘레자르와 드렐타인의 부하들도 따로 수색에 나선 상태다.

"정말 시치미 뗄 요량이었다면 저렇게까지 하진 않았을 겁니다."

돈과 인력 소모가 너무 클 뿐 아니라, 저 과정 중에 진짜 검은 신의 교도들도 활동이 제한된다. 엘레자르와 드렐타인 입장에서도 제 살 깎아 먹기다.

그리고 무엇보다, 그럴 이유가 없었다.

"정말 디오그레스의 육체를 확보한 것이라면 굳이 도망쳤다고 할 이유가 없습니다. 그냥 싸워서 죽였다고 하면 그만일 테니까요."

시체를 증거로 내세울 필요조차 없다.

대충 광범위한 파괴 현장에 데리고 가서 이렇게 말하면 되거든.

─저기 한가운데서 마법 맞고 가루 됐어요. 음? 증거? 그

럼 그때 쓴 마법 다시 보여 줄 테니 저 박살 난 폐허 한복판
에 서 있어 보시든가.

　무려 대마법사가 그렇다는데 누가 감히 토를 달겠는가?
그냥 그러려니 해야지.
　"그렇군요. 정말 놓친 거 맞나 보네."
　납득한 레번이 혀를 내둘렀다.
　"2 대 1인데도 결국 놓치다니, 디오그레스가 그렇게 강한
가?"
　"바로스도 말했잖아?"
　카르나크가 어깨를 으쓱였다.
　"디오그레스가 강해서라기보다는, 몸성히 붙잡기가 그만
큼 힘들었겠지."
　"그게 좀 궁금한 부분인데요."
　문득 세라티가 고개를 갸웃거리며 물었다.
　"저들에게, 반드시 디오그레스를 살려서 붙잡아야 할 이
유가 따로 있는 걸까요?"
　역시공 초월체 없이 미래인을 시공 회귀시키는 조건은 매
우 까다롭다. 그래서 네크로피아의 4대 총독들만 이 시대로
돌아올 수 있었다.
　하지만 일단 역시공 초월체가 있고, 원래 육체가 존재한다
면?

"그 육체가 꼭 살아 있을 필요는 없지 않나요?"

실제로 카르나크는 역시공 초월체를 이용해 남은 아크 리치 둘을 잘만 불러왔다. 시체에도 충분히 사용할 수 있다는 걸 확인한 셈이다.

"그렇다고 딱히 저들이 생육신에 집착하는 것 같지도 않고요."

실제로 미래 레번은 무왕 갤러드의 몸을 얻자 현세 레번의 육체를 별 미련 없이 포기하지 않았던가? 나중에 생각 바꾸긴 했지만.

"아니면, 무왕은 괜찮지만 대마법사는 꼭 생육신이어야 할 이유가 따로 있다든가?"

카르나크가 실소하며 말했다.

"세라티, 네가 살짝 오해하는 부분이 있네."

"오해요?"

알고 보니 단어의 용법에 차이가 좀 있었다.

"디오그레스를 반드시 살려서 제압할 필요는 없어. 하지만 몸성히 제압할 필요는 있지."

중요한 것은 육체의 손상 정도다.

시신이 너무 과하게 훼손되면, 아무리 사령술이 뛰어나다 해도 언데드로 부활시킬 수 없다.

"최소한 일정 수준 이상의 신체는 남아 있어야 한다는 소리야."

문제는 10서클의 위력이 지나치게 엄청나다는 부분이었다.

"아까도 말했지? 엘레자르라면 굳이 디오그레스의 시체를 증거로 내세울 필요도 없었을 것이라고."

압도적으로 초월적인 위력을 지닌 마법과 달리, 대마법사의 육체는 평범한 인간들이다.

그래서 대마법사끼리 싸우면 시체를 남긴다거나 하는 그런 어중간한 결과가 잘 나오질 않는다.

"방어막 멀쩡할 때까진 끽해야 코피 좀 흘리는 정도였다가 방어막 뚫리는 순간 육체가 증발해 버릴걸."

즉, 엘레자르에겐 디오그레스를 완전히 살려서 제압하거나 아예 가루로 만들거나, 둘 중 하나의 선택지밖에 없는 것이다.

그런데 가루로 만들면 육체도 사라져 버리지.

"그러니까, 죽여도 되지만 육체는 어느 정도 남아 있어야 하는데, 육체가 남아 있을 정도면 어차피 생포나 다름없다 이 말씀이에요?"

"그렇지."

말로카도 옆에서 설명을 덧붙였다.

"저런 이유가 아니더라도, 디오그레스 역시 생육신인 경우가 낫습니다. 검은 신의 교단 3성인은 모두 생육신이어야 하니까요."

3성인의 진정한 역할은 바로 마나와 오러, 신성력을 사령력과 융합시킬 촉매다.

이것만큼은 언데드로는 수행할 수 없다.

"혹여 엘레자르에게 무슨 일이 생길 때를 대비해 보험에 들고 싶어 하는 것이 당연하지 않겠습니까?"

저들은 이미 제덱스를 잃었다.

제덱스가 엘레자르나 드렐타인에 비하면 약하다곤 하지만, 그렇다고 아무 일 없을 거라 과신하진 않겠지.

'그러고 보니, 제덱스 대신 다른 교황이 그 자리를 이었겠군.'

원래 테스라낙은 네 아크 리치를 이용해 남은 2명의 무왕과 2명의 대마법사를 차례로 회귀시킬 예정이었다. 카르나크가 제대로 산통 깨 버렸지만.

역시공 초월체의 진실에 대해 알고 나니, 왜 타락한 교황들보다 저들을 우선적으로 소환하려 했는지도 이해가 갔다.

저들이 더 강하니까.

성직자가 반드시 1명은 있어야 한다. 그래야 사령력과 신성력을 융합할 촉매가 될 수 있다.

그런데, 사실 1명 이상 있을 필요는 또 없거든.

타락한 교황을 먼저 부른다는 건 그만큼 무왕이나 대마법사의 순번이 밀린다는 의미도 된다.

당연히 저들 먼저 부르고 교황들도 차례로 부르는 게 나은 것이다. 1명이라도 더 전력을 빨리 확보할 수 있으니까.

"하지만 상황이 이리되었으니 제덱스를 대신할 다른 교황부터 먼저 불렀겠지."

과연 누구일까?

카르나크는 기억 속 남은 교황들을 차례로 살펴보았다.

"후보가 6명이나 있으니 통 짐작이 안 가는구만."

· ✹ ·

현세와 공허 사이에 위치한, 테스라낙의 권능으로 창조된 아공간 어둠의 회랑.

오랜만에 이 어둠의 회랑에 교단의 세 성인이 모였다.

이들은 평소처럼 어둠의 베일을 쓴 채 회랑의 중심에 삼각형태로 서 있었다.

최강의 오러 유저, 무왕 드렐타인이 허공에 손을 뻗는다.

"테스라낙 님의 이름으로……."

대마법사 엘레자르가 그의 말을 받았다.

"나, 지금 그분의 어둠에……."

삼각형의 마지막 꼭짓점은 원래 제덱스의 자리였다. 하나 그는 이제 없으니, 10대 후반의 소녀 발레리아 베릴리가 대신 서서 의식을 마저 거행한다.

"……역천의 씨앗을 뿌리리라."

드렐타인의 손끝에서 황금빛 오러가 흘러나왔다.

엘레자르의 손끝에서 순백의 마나가 흘러나왔다.

발레리아의 손끝에서 검푸른 성력이 흘러나왔다.

세 줄기 빛이 어둠과 뒤섞였다. 회랑의 하늘 위로 검은 소용돌이가 피어올랐다.

종말의 어둠이었다.

대지 대신 오러에 어둠이 심긴다.

햇살 대신 성력이 내리쬐인다.

비 대신 마나가 잔잔하게 내린다.

검은 소용돌이가 넓게 펼쳐지며 수많은 싹을 틔웠다.

오러와 마나, 성력을 바탕으로 피어난 어둠의 새싹이었다.

이제 저 새싹들은 공간을 초월해 종말의 어둠과 함께 내리며 대륙 각지의 교도들에게 전해지리라.

어둠의 새싹을 취한 검은 신의 교도들은 더 이상 과거의 상식에 얽매여 있을 필요가 없다. 오러도 마법도 신성 주문도 얼마든지 공존할 수 있게 된다.

이것이야말로 죽음의 신, 테스라낙만이 가능한 궁극의 사령술이었다.

"……일 터인데."

발레리아가 입술을 삐죽였다.

"그 카르나크라는 자는 어떻게 마법과 사령술을 동시에 쓴다는 거죠?"

엘레자르가 한숨을 내쉬었다.

"그걸 알고 싶어 여태 손을 썼지만 소득이 없었죠."

대신 말로카에, 미래 레번에, 제덱스까지 잃었다.

"마음 같아선 당장이라도 그를 찾아보고 싶은데 테스라낙님이 결코 허락지 않으시니, 에잉."

투덜대는 엘레자르를 보며 드렐타인이 눈을 흘겼다.

"경거망동하지 마시오. 무엇보다 우선시되어야 하는 것은 그분의 계획이니."

"나도 알고 있어요. 말이 그렇다는 거지."

발레리아가 화제를 전환했다.

"어쨌든 지금 중요한 건 그 카르나크라는 자가 아니죠."

그리고 둘을 번갈아 보며 진지하게 물었다.

"이제 디오그레스는 어쩔 거예요?"

확실하게 처리한다면서 제국 국고를 탈탈 털어 가며 이동 마탑까지 만들어 끌고 가서 결국 놓쳐 버린 것이다.

엘레자르가 머쓱해하며 딴청을 피웠다.

"……설마 거기서 그자가 나타날 줄 알았나요, 어디."

───※───

같은 시각, 스트라우스 저택의 손님방.

카르나크 역시 같은 고민을 하고 있었다.

"디오그레스 어쩌지?"

현재의 그는 고작 8서클의 마법사일 뿐이다.

뭐, 사령술에 과하게 능통한 마법사이긴 하지만 어쨌든 대마법사를 걱정해 줄 위치까진 되지 못한다.

"그렇다고 알아서 잘하겠거니 하고 그냥 내버려 둘 수도 없잖아?"

디오그레스를 아군으로 끌어들일 수 있다면 얻는 것이 실로 크다.

단순히 아군의 전력이 느는 정도가 아니다. 동시에 적의 전력도 줄일 수 있다.

"그래, 또 1명의 대마법사를 저쪽에 넘겨줄 순 없지."

그런데 어떻게 해야 할까?

"내가 제국으로 가는 건 조금 께름칙한데."

현 라케아니아 제국은 그야말로 검은 신의 교단의 본거지라 할 수 있다.

여태까지야 엘레자르나 드렐타인이 카르나크를 직접 노리지 않았지만, 과연 자기 영역에 들어가도 못 본 척할까?

세라티가 의견을 냈다.

"그럼 황혼교를 이용해서 간접적으로 접촉해 보는 건요?"

그 의견은 바로 기각되었다.

"두 가지 문제가 있어."

첫 번째, 황혼교 정도로는 숨어 다니는 디오그레스를 찾을 수가 없다.

"아무리 황혼교 교세가 커졌다 해도 제국의 수색망보다 뛰어날 순 없잖아?"

카르나크 본인이 직접 나서야 어떻게든 그를 찾을 가능성이 생기는 것이다. 과거의 정보를 쓰건 사령술을 쓰건 간에.

물론 4대 장로쯤 되면 디오그레스를 찾을 수 있을지도 모르겠지만, 여기서 두 번째 문제가 생긴다.

"사악한 아크 리치가 눈앞에 나타났는데, 디오그레스가 반갑게 맞이해 줄 것 같진 않지?"

바로스가 고개를 끄덕였다.

"짐 쌀게요, 도련님. 언제 출발합니까?"

또다시 제국행

디오그레스 콜론을 구하기 위해, 카르나크는 또다시 라케 아니아 제국으로 향하기로 결정했다.

이에 제일 먼저 당면한 문제는 이것이었다.

"무슨 핑계를 대지?"

이런 식으로 용무를 댄다고 쳐 보자.

—대마법사끼리 거하게 붙었답니다. 그리고 디오그레스가 패해서 종적을 감췄답니다. 그러니, 저희가 그를 구하기 위해 제국에 가겠습니다!

돌아올 대답은 뻔했다.

—댁들이 왜?

말이 안 되는 것이다.

대륙 서쪽 7왕국 연합에 살고 있는 카르나크 일행이, 저 멀리 대륙 반대편 제국에 사는 두 대마법사의 싸움에 대체 왜 끼는 건데?

어떻게든 이유를 만들면 명분이 없진 않다.

엘레자르는 디오그레스에게 사교도의 수장이라는 죄목을 씌웠다. 그런데 현재 카르나크가 조사한 바로는 오히려 엘레자르가 사교도일 가능성이 높다.

그러니 디오그레스를 구해 아군으로 만들면, 사교도를 상대할 훌륭한 전력이 된다!

"……라고는 해도, 이 역시 어색하긴 마찬가지지."

요새 카르나크가 많이 거물이 되긴 했지만, 그렇다고 대마법사를 구하러 갈 수준까지는 절대 아니다.

여우가 호랑이 구하러 가겠다는 소리나 마찬가지 아닌가?

물론 그 여우가 사실은 호랑이도 무시 못 할 은밀한 독니를 숨기고 있긴 하지만, 어쨌건 대외적으로는 도저히 납득이 가지 않으리라.

세라티가 고개를 갸웃거렸다.

"그냥 말없이 우리끼리 가 버리면 되지 않아요?"

평소에도 얼마든지 멋대로 행동하던 주제에, 왜 갑자기 주변 눈치를 저리 보는지 모르겠다.

그러자 바로스가 진지하게 고개를 저었다.

"그건 곤란합니다."

"왜요?"

"제국까지의 길이 멀기 때문이죠."

"멀면 무슨 문제가 생기는데요?"

"고생을 하죠."

"……네?"

뭔 헛소리인가 했는데, 이어진 바로스의 설명을 듣고 보니 나름대로 그럴듯한 이유가 있긴 했다.

일단 카르나크 일행끼리만 움직이게 되면, 제텍스를 노리고 움직일 때처럼 여장을 꾸려야 한다. 적당히 마차 하나 빌려서 보급품 싣고 움직이는 여행 말이다.

매번 일행이 스스로 식사를 챙겨야 하고 잠자리를 꾸려야 하며 불침번을 서야 한다.

반면 킹스 오더의 협력을 받게 된다면?

"전에 두 번째로 제국 갔던 것 기억나요? 그, 총독 보관소 찾아갈 때."

당시 카르나크 일행은 알타스 상단에 섞여서 몰래 제국을 찾았다.

덕분에 위에 서술한 저 모든 허드렛일을 죄다 남에게 떠넘 기지 않았던가?

"우리끼리만 움직이면 그때처럼 편하게 갈 순 없겠죠?"

제덱스가 숨어 있던 하르톨 시티까지는 거리도 그리 멀지 않았다. 그래서 저 정도 고생도 감수할 만했다.

반면 제국, 그것도 여명탑까지는 몰래 가기엔 너무 멀다.

세라티도 납득했다.

"그렇군요. 확실히 알타스 상단을 이용하려면 킹스 오더의 승인이 있어야 하니……."

아무리 현 알타스 상단이 카르나크의 소유물이나 다름없다 해도 제국으로 넘어갈 때는 유스틸 왕국의 승인을 받아야 한다.

이를 무시하고 몰래 넘어간다?

세상은 그걸 보통 밀입국이라 부른다.

물론 저런 짓도 못 할 건 아니지만, 그냥 핑계 좀 만들면 될 일인데 괜히 긁어 부스럼 만들 필요는 없지 않은가.

그녀는 잠시 당시의 여정을 떠올렸다.

밥도 남이 해 주고, 잠자리 준비도 남이 해 주고, 빨래와 불침번도 남이 해 주는, 참으로 안락한 여행이었다.

세라티의 표정이 바뀌었다.

"자, 빨리 핑계를 만들어 보세요, 카르나크 님."

"너, 그때 진짜 편했나 보네?"

급변한 그녀의 반응에 어이없어하며 카르나크는 다시 고민에 잠겼다.

"가만있자, 이번엔 무슨 거짓말을 해야 하나?"

　　　　　　　　※

　제국으로 향하는 명분을 만드는 건 그리 어렵지 않았다.

　평생 숨 쉬듯 거짓말을 해 온 카르나크였다.

　아니, 숨 쉬는 것보다 더 많이 했을지도 모르겠다. 아스트라 슈나프가 된 후론 숨을 안 쉬었거든.

　금방 적절한 핑계를 찾을 수 있었다.

　곧바로 에란텔 단장을 찾았고, 대충 이런 대화가 오갔다.

　-휴델 기억하시죠, 휴델? 그 엘레자르의 수하로 의심되는.

　-그런데?

　-그 휴델의 후임자가 있다는 정보를 찾았습니다!

　-아니, 그럴 수가!

　-그러니 다시 제국으로 향해, 놈들이 유스틸 왕국, 나아가 왕국 연합에 독니를 뻗치는 걸 막고 사교단의 음모를 뿌리 뽑겠습니다!

　-물론이오. 전적으로 지원해 주겠소.

　-그래서 필요한 예산이 이만큼인데요…….

　-잠깐, 지금 나랏돈으로 알타스 상단을 움직이겠다는 건

아니겠지?

킹스 오더 본부를 나오며 카르나크가 혀를 찼다.

"아, 에란텔 경 깐깐하네."

"예산 안 내줬어요, 도련님?"

"그냥 개인 경비만 나오고 말았어."

금화 주머니를 확인한 바로스가 함박웃음을 지었다.

"그래도 푸짐한데요."

"더 뜯어 낼 수 있었단 말이다."

연신 투덜대는 카르나크를 보며 세라티가 의아해했다.

"이미 돈은 충분히 많지 않으세요?"

구리 광산에서 나오는 매출에, 알타스 상단에 투자한 금액에, 킹스 오더에서 나오는 봉급이며 경비도 있다.

이 정도로 넉넉한데 왜 저리 돈에 연연하는 걸까?

"아무리 돈이 많아도, 내 돈 내고 사 먹는 것과 남의 돈으로 먹는 것은 맛이 다른 법이거든."

당당한 카르나크의 대꾸에 세라티는 새삼스러운 눈으로 그를 바라보았다.

저 정도 능력에, 저 정도 재산에, 저 정도 명성을 지닌 사람이 어쩜 저리 쪼잔해 보일 수 있을까?

"저것도 재주네요."

"그래야 우리 도련님이죠, 암."

"응? 나 왜?"

"참으로 도련님답다고요."

"……어째 욕먹은 것 같은 기분이 드는데?"

하여튼 이걸로 무난하게 알타스 상단 동원해 제국으로 향할 길이 열렸다.

이제 남은 건 일행의 일정을 조정하는 것뿐.

"그러고 보니 레번은 괜찮나? 가문에서 보내 준대?"

레번은 더 이상 가문의 내놓은 자식이 아니다. 스트라우스 공작가의 당당한 가주다.

그런 그가 위험한 제국행을 선택하는 것을 과연 가문에서 그냥 넘어갈까?

레번은 아주 쉽게 문제를 해결했다.

"제국 간다고 이야기 안 했어요."

"그럼?"

"킹스 오더 일이라고만 했죠. 내용은 극비라서 말 못 한다고 했고."

"그런데도 보내 줘?"

"한마디 했더니 바로 보내 주던데요?"

"뭐라고 했는데?"

"은검의 경지에 대해 뭔가 느낌이 오니까, 잠깐 무사 수행하고 오겠다고요."

현재 스트라우스 가문의 최우선 과제는 바로 차기 무왕을 배출하는 것이다.

무왕 갤러드를 허무하게 잃은 탓인지, 레번이 오러 경지 오를 것 같다는 말만 해도 다른 문제 다 제쳐 두고 밀어주는 것이다.

카르나크가 실소를 흘렸다.

"다음에도 일 생기면 그 핑계 대면 되겠네."

"만능열쇠죠, 뭐."

"역시 못 따는 게 없는 레번 경이시구만."

물론 스트라우스 가문도 레번의 안위를 걱정하지 않은 것은 아니다.

그마저 잃을까 두려우니, 나름대로 조치를 취하려 하기도 했다.

"가문의 기사들 중 강자를 골라서 호위 격으로 붙이라고 하더군요."

"그건 곤란한데."

"간단하게 거절했습니다."

"어떻게 했는데?"

"라피셀 이기는 사람만 동행을 허락했지요."

순간 어이없어진 카르나크가 반문했다.

"너무한 거 아냐? 라피셀은 이제 자색급인데!"

"저들은 그 사실을 모르니까요."

현재 대외적으로 알려진 카르나크 일행의 실력은 레번이

자색급에 올랐다는 것뿐이다.

바로스가 은검기를 터득했다거나, 라피셀마저 자색급의 경지라는 사실은 일부러 숨기고 있다.

검은 신의 교단을 조금이라도 방심시키기 위해서다.

덕분에 스트라우스의 청색급 오러 유저들은 멋모르고 열심히 라피셀에게 덤볐고, 10대 중반의 어린아이에게 비참하게 밀리는 결과를 맞이했다고 한다.

"덕분에 아무도 안 따라오게 되었죠. 편하던데요, 하핫."

뒤에서 세라티와 바로스가 수군거렸다.

"어째 레번 경이 점점 뻔뻔해지는 것 같지 않아요?"

"그러게요. 저런 양반 아니었는데."

⁂

이후에도 제국으로 향할 준비는 착실히 진행되었다.

뭐, 진행되었다고 해도 딱히 카르나크 일행이 할 일은 없었다. 그냥 알타스 상단 가서 이렇게 말하는 게 전부였다.

—제국 북부, 카브라트 지방까지 갈 것이니 카라반을 준비해 두게.

카브라트 지방은 디오그레스의 여명탑이 위치한 곳이다.

근처까지 간 다음에 거기서부턴 일행끼리 은밀하게 움직일 생각이었다.

명을 받은 알타스 상단주, 에디아는 바쁘게 움직였다.

그녀는 이미 카르나크에 대한 과도한 충성심이 각인된 상태였다. 어떤 조건이라도 충실히 행할 만반의 준비가 되어 있었다.

사실 이렇게 과잉 충성을 하는 경우엔 예상 못 한 사고도 터지기 마련이다. 하지만 그녀에겐 그럴 걱정은 없었다.

카르나크에 대한 충성 못지않게, 투철한 금전적 감각도 영혼에 뿌리박혀 있거든.

덕분에 양측이 조화를 이루어 합리적으로 일정과 예산을 짜 왔다.

"자, 이제 제국 갈 준비는 모두 끝났구만요."

"아직 하나 남았어."

바로스의 말에 카르나크가 고개를 저었다.

"성직자는 있어야지, 성직자는."

물론 외부인이 일행에 끼어 있을 경우 여러모로 불편하긴 하다.

사령술 쓸 때도 눈치 보이고, 비밀이 들통날까 신경도 써야 한다.

하지만, 그런 리스크를 감수하고서라도 성직자의 신성 주문은 워낙 여러모로 쓸모가 많은 것이다.

"고작 비밀 들킬까 봐 멀리하기엔 너무 이득이 많지."

그러니 평소 약통으로 써먹다가 들키면 바늘 꽂아서 마무리하겠다는 게 카르나크의 말이었다.

참으로 악랄한 발언이었지만 다들 무심히 넘어갔다.

그간 봐 온 것이 워낙 심해서 그런지 슬슬 저 정도는 그냥 일상 대화로 여기고 있는 모양이었다.

"역시 알리우스 씨인가요?"

세라티의 질문에 카르나크가 음흉한 미소를 지었다.

"좋다고 달려오지 않겠어?"

✖

과연 알리우스는 좋아했다. 하지만 달려오진 못했다.

"못 온대요."

"왜?"

"교단의 허락을 못 받았다는데요."

그간 알리우스는 무섭게 출세, 북부 유스틸 왕국의 심문단을 총괄하는 위치에 올라 있었다.

평소 워낙 허물없이 굴어서 못 느낄 뿐이지, 하토바 교단 내에서도 상당한 고위직이었다.

그런 높은 지위에 있는 양반 주제에, 그동안 너무 놀았다!

덕분에 일이 밀리고 밀려 이젠 더 이상 손쓸 수 없는 지경까지 이른 것이다.

"이래서 사람이 할 일 자꾸 미루고 딴짓하면 안 된다니까."

혀를 차는 카르나크를 보며 바로스가 빙그레 웃었다.

"그래서, 도련님이 어떻게든 손써 주길 은근히 바라는 눈치라고 하더군요."

"음."

잠시 고민한 뒤, 카르나크는 결정을 내렸다.

"딴 성직자 찾자."

"알리우스 씨는 버리고요?"

"버리긴 뭘 버려? 지금은 아껴 두자는 거지."

이렇게 계속 알리우스를 교단 일에서 빼 오다가, 정말 필요할 때 못 써먹으면 그게 더 손해다.

그러니 이번엔 남겨서 밀린 일 다 처리하게 만들어야겠다.

"알리우스는 나중을 위해 킵해 놓자고."

"사람을 무슨 마시다 만 술병 취급하시네요."

혀를 차며 세라티가 물었다.

"그럼 대신 누구를 부르실 건데요?"

"뻔하잖아. 우리가 아는 성직자가 많지도 않은데."

카르나크가 고개를 끄덕였다.

"밀리아 불러야지."

밀리아는 기뻐하며 달려왔다.

'카르나크 대장님이 날 선택해 주시다니!'

엄밀히 말하면 더 이상 그녀의 대장은 아니다.

카르나크가 유스틸 킹스 오더의 부단장이 된 후 7대대는 다른 이가 대장을 맡게 되었다. 밀리아 역시 현재는 그 밑에서 일하고 있었다.

하지만 오랜 습관은 어쩔 수 없는 모양이다.

"불러 주셔서 감사합니다, 대장님! 최선을 다할게요!"

카르나크 앞에 선 그녀는 격하게 감동한 표정이었다.

그럴 만했다.

최근 7왕국 전역을 흔드는 영웅이 일부러 자신을 콕 짚어 부른 것이다. 능력을 인정받았으니 어찌 기쁘지 아니할쏜가?

물론 옆에 선 세라티는 실상을 알고 있었지만.

'아니, 그게 저……'

밀리아가 선택된 이유는 딱히 그녀가 뛰어난 신성력의 소유자라서가 아니었다.

[얘도 오래 봤잖아.]

[덕분에 후유증 없이 바늘 꽂을 수 있단 말씀이시죠?]

[그렇지! 이제 세라티도 슬슬 말이 통하네.]

그녀는 내심 한숨을 쉬었다.

[대체 왜 인간관계를 그런 식으로만 파악하시는 건가요?]

[아니, 그럼 기억 조작도 안 하고 어떻게 사람을 믿으란 말이야?]

　[그런 짓 안 해도 대부분 서로를 믿으며 살아가거든요?]

　[그래서 다들 배신당하잖아?]

　[……아니라고 딱 잘라 말할 수 없다는 게 슬프지만요.]

　그렇다고 별문제는 없었다.

　딱히 밀리아가 임무에 지장을 줄 만큼 수준이 떨어지는 것은 아니니까.

　알리우스에 비하면 여러모로 부족하겠지만, 그녀 역시 다른 성직자들보다는 월등히 뛰어난 인재인 것이다.

　뭐, 심문관들은 대부분 뛰어난 인재들밖에 없긴 하지만.

　심문관이란 자리가 참으로 명예로운 고위직인 건 사실인데, 이게 실제로 매력적인 자리냐 하면 꼭 그렇지만은 않다.

　목숨 걸고 사교도와 싸워야 하는 위치다. 약한 심문관 따위는 진작 죽어서 여신 곁으로 가기 마련이다.

　아니면 성직자라는 특성상, 사교도에게 붙잡혀 온갖 심한 꼴을 당하게 되거나.

　그래서 심문관의 자격에 가문이니 혈통이니 하는 외적인 요소는 철저히 배제되었다. 오로지 실력 위주로만 뽑혔다.

　그리고 밀리아는 그 심문관들 중에서도 가혹한 실전을 겪어야 하는 킹스 오더에 배치받아 1년 가까이 일해 온 베테랑 중의 베테랑.

[나이는 어려도 어지간한 중년 신관들 이상으로 뛰어난 신성력을 지니고 있으니; 충분히 제 몫을 다할 거야.]

[누가 제 몫 못할까 봐 걱정하나요? 머리에 바늘 꽂힐까 봐 걱정하는 거지.]

밀리아와 재회한 라피셸은 마냥 즐거워할 뿐이었다.

"밀리아 언니, 오랜만이에요!"

"어머, 라피셸, 너 정말 많이 컸구나!"

오랜만에 조우한 두 소녀가 희희낙락 회포를 푼다.

"그런데 휴델 백작이 누구니?"

밀리아도 에란텔 단장에게서 임무 내용을 대략적으로 듣기는 했다.

"기밀 정보가 너무 많아서 세부적인 상황은 모르겠더라고. 나머진 와서 들으라고 하시던데?"

"아, 그게요……."

라피셸은 그렌탈 영지에서 있었던 휴델과의 일을 간략히 설명해 주었다.

밀리아가 혀를 찼다.

"그런 일이 있었다니……."

"그래서 이번에 그의 후임자를 다시 처단하기 위해서 움직이는 거래요."

그런 두 소녀를 바라보며 세라티는 묘한 표정을 지었다.

'이거 참, 자꾸 거짓말만 느네.'

이번 여행의 진짜 목적지는 여명의 탑이 위치한 제국 북부 카브라트 지방이다.

일단 근처까진 알타스 상단에 끼어서 이동하고, 이후에는 독자적으로 움직이는 것이다.

다만 카르나크도 여명탑 주위에선 그리 쓸 만한 정보는 얻지 못할 거라 여기고 있었다.

시간이 너무 흘러 버린 탓이었다.

앞에서도 말했지만 잔존 사념은 상대가 남긴 걸 읽는 방식이다. 아무리 카르나크라도 존재하지도 않는 정보를 파악할 순 없다.

그래서 인근 사교도들을 통해 정보를 캐낼 생각이었다.

검은 신의 교단이라면 필사적으로 디오그레스를 추적하고 있을 테니, 그 과정에서 뭔가 건질 수 있지 않겠는가?

즉, 그렌탈 영지는 그냥 지나가는 곳일 뿐 실제 목표와는 아무 상관도 없다.

휴넬의 후임자가 정말 존재하는 줄 아는 밀리아는 열심히 의욕을 불태우고 있었지만.

"알리우스 님이 그런 위업을 남기셨구나. 나도 지지 말아야지!"

덕분에 레번과 세라티만 안쓰러운 눈으로 그녀를 바라볼 뿐이었다.

'이기고 지고 간에…….'

'그런 사람 자체가 없어요…….'

✷

사흘 뒤, 카르나크 일행은 알타스 상단과 함께 수도 드룬
타를 출발했다. 세 번째 제국행이었다.

여행은 거칠 것이 없었다.

킹스 오더를 통해 미리 준비를 해 두었다. 제국 쪽 파사의
여단과도 연락을 취한 뒤였다.

국경을 문제없이 통과했고 바라칸트 산맥도 별일 없이 넘
었다. 몬스터의 습격 같은 것도 없었다.

그 와중에 필요한 모든 허드렛일은 상단의 일꾼들이 대신
해 주었으니, 킹스 오더 임무만을 맡아 하던 밀리아에겐 때
아닌 호사였다.

밥도 맛있고 몸도 편하고 사람들은 성직자라며 꼬박꼬박
대접해 주고.

'역시 카르나크 대장님을 따라다니면 좋은 일이 생긴다니
까!'

그렇게 드룬타를 출발한 지 이레째.

카르나크 일행은 아무 일 없이 그렌탈 영지에 도착했다.

다시 찾은 그렌탈 백작령의 성하 마을은 여전히 붐비고 있었다.

교역의 중심지답게 행상인들의 수가 상당하다. 덕분에 여관도 많고 술집과 식당도 많다.

주위를 살피며 카르나크가 중얼거렸다.

"여기도 제법 살 만한 동네가 되었구만."

바로스도 동의했다.

"그러게요. 이제야 좀 사람 냄새가 나네."

레번은 당황했다.

"이게요?"

그는 그렌탈 백작령에 온 것이 처음이었다. 총독 보관소를 찾기 위해 제국에 왔을 땐 이곳을 들르지 않았다.

그래서 꽤나 유심히 주위를 살피고 있었는데, 어째 영 치안이 좋아 보이진 않는 것이다.

사방에 건달들도 많이 보이고 골목도 지저분한 것이, 아무래도 관리가 잘되고 있는 것 같진 않다.

"예전엔 무슨 인세의 지옥이라도 됐었습니까?"

바로스가 실소하며 대꾸했다.

"예전엔 평화 그 자체였죠."

"네?"

의아해하는 레번을 뒤로한 채 카르나크와 바로스가 고개를 끄덕였다.

"아무렴, 이게 정상이지."

"그렇죠. 난세 중에 혼자만 평화로우면 뭔가 있다는 증거죠."

"......?"

이후 카르나크 일행은 알타스 상단과 함께 미리 정한 여관에 짐을 풀었다.

그리고 곧바로 동네 맛집 탐방부터 나섰다.

"전에 묵었던 여관 가 볼까? 소시지 잘 굽던데."

카르나크의 의견에 바로스가 고개를 저었다.

"그 집 소시지, 이젠 못 먹을걸요."

"왜?"

"여관 주인 잡혀갔잖아요."

"맞다, 그 양반도 사교도였지?"

아쉬워하며 카르나크가 혀를 찼다.

"할 수 없지. 딴 집 찾자."

다른 식당을 찾는 건 어렵지 않았다. 그렌탈 영지는 행상이 많은 만큼 식당도 많았으니까.

하지만 이토록 식당이 많아지면 문제가 하나 생긴다.

음식 못하는 집도, 대충은 먹고살 수 있게 되어 버린다는 것.

"으, 맛없다……."

돼지고기 야채볶음을 앞에 두고 카르나크는 인상을 썼다.

적당히 사람 붐비는 곳을 하나 찾아 들어온 것인데, 빈말로도 맛있다곤 할 수 없는 수준이었다.

딱히 요리 솜씨가 없어서라기보단 재료가 그리 좋지 않았다. 고기 자체가 오래되어 누린내가 심하게 났다.

음식을 앞에 두고 깨작대는 카르나크를 보며 세라티는 피식 웃었다.

'저럴 땐 또 귀여워 보이기도 하고?'

적당히 괜찮은 부위를 썰어 건네며 그녀가 한마디 했다.

"밥투정하는 건 어른답지 못해요."

바로 반박이 돌아왔지만.

[이 밥투정을 하기 위해 수십 년을 거슬러 왔는데?]

[그, 그렇긴 한데요…….]

뭐, 음식이 맛없는 건 카르나크만의 이야기는 아니었다.

다들 시큰둥하게 식사를 하는 둥 마는 둥 마쳤다.

입가를 닦으며 밀리아가 물었다.

"그럼 이제 움직이나요?"

"응? 어디 가고 싶은 데 있어?"

"가고 싶은 데라뇨?"

카르나크의 반문에 그녀가 의아해하며 대꾸했다.

"사교도를 찾아야 하잖아요."

'아, 그렇지.'

생각해 보니 밀리아와 라피셸은 정말로 이곳에 휴델의 후임자가 존재하는 줄 알고 있다.

잠시 고민한 카르나크가 지시를 내렸다.

"둘씩 나누자. 밀리아는 라피셸과 움직여. 어린 여자애들끼리만 돌아다니면 아무래도 의심을 덜 사겠지."

"네, 대장님!"

밀리아와 라피셸이 서로를 보며 방긋 웃었다.

오랜만에 둘이서 어울려 다닐 생각을 하니 신이 난 듯했다.

[쟤들 보내고 우린 다른 맛집이나 찾자, 바로스.]

[그럽시다, 도련님!]

치안이 좋지 않은 마을을 여자애 둘만 돌아다니게 하는 점에 대해선 전혀 걱정하지 않는 카르나크였다.

[라피셸이 있는데 뭐가 문제야?]

※

어둠이 짙게 깔린 차가운 지하실.

한 무리의 사내들이 모여 대화를 나누고 있었다.

"맙소사!"

"카르나크, 그자가?"

다들 극히 당황한 눈치였다.

"틀림없나?"

"확실합니다. 알타스 상단에 심어 놓은 첩자로부터 온 소식이니까요."

검은 신의 교단이 아무리 뛰어나다 해도 감히 킹스 오더에 첩자를 박아 넣거나 하는 짓은 불가능하다. 워낙 철저하게 경계하는 곳이니까.

하지만 알타스 상단은 무슨 전문적인 첩보 집단 같은 것이 아니다. 그래서 진작부터 상단 쪽에 첩자를 심어 놓고 유심히 동태를 살피고 있었다.

물론 상단에 첩자를 심어 봐야 아무 상관도 없는 킹스 오더의 기밀을 알아낼 순 없다. 그저 카르나크 개인에 대한 정보만 좀 파악할 뿐.

그런 의미에선 사실 인적자원 낭비이지만, 검은 신의 교단은 개의치 않았다.

현재 검은 신의 교단엔 킹스 오더 전체보다 오히려 카르나크 1명이 더욱 경계 대상이었으니까.

"정말 놀라운 수완을 지닌 자로군."

어둠 속에서 감탄의 목소리가 흘러나왔다.

"어떻게 이렇게 빠르게 우리 존재를 알아챈 것이지? 그토록 은밀하게 움직였거늘…….."

"모르겠습니다."

"짐작도 안 갑니다."

"하지만 그런 자이기에 교단에 그토록 큰 피해를 준 것이 아니겠습니까?"

잠시 침묵이 흘렀다.

누군가가 침묵을 깨며 입을 열었다.

"어찌하시겠습니까? 현재 우리 능력으론 감히 저들을 상대할 수 없습니다."

카르나크 본인부터가 무려 8서클의 마법사다. 그뿐이랴, 휘하에는 자색급 오러 유저가 둘, 청색급도 2명이나 두고 있다고 들었다.

무엇보다 제일 문제는 그가 사용하는 기이한 마법, 사법의 대속자였다.

상대의 사령술을 역이용하는 그 마법은 특히나 검은 신의 교도들에겐 천적이나 다름없었다.

오죽하면 데스 나이트가 된 무왕 갤러드가 패하고, 교단의 3성인 중 1명인 죽음의 교황마저 당해 테스라낙의 품으로 돌아가지 않았나?

어둠 속에서 사내들이 한마디씩 했다.

"꼬리를 끊고 잠적해야 하지 않을까요?"

"죽음은 두렵지 않으나, 이로 인해 교단에 누를 끼칠까 두렵습니다."

이들의 우두머리인 40대 사내가 고개를 저었다.

"그럴 수도 없다. 이미 의식이 막바지까지 가지 않았느
냐?"

그가 비장한 목소리를 흘렸다.

"할 수 없지, 우리가 죽을 수밖에."

다른 사내들의 어조도 바뀌었다.

"따르겠습니다."

"이 목숨은 이미 테스라낙 님께 바친 것……."

"그저 올바로 쓰이면 족할 뿐입니다."

모두의 음성에서 두려움이 사라지고 뒤틀린 각오가 가득
서린다.

40대 사내, 휴델의 후임자로 이곳 그렌탈 영지에 부임한
하버트는 눈시울을 붉혔다.

"그대들과 함께해서 영광이었다……."

이들이야말로 테스라낙께서 인도해 주신 고귀한 인연들이
었다.

"……부디 좋은 세상에서 다시 만나자꾸나."

행상인들이 오가는 와자지껄한 성하 마을.

평범한 여행복 차림의 두 소녀가 거리를 지나치며 주위를
두리번거리고 있었다.

사교도 탐색에 나선 밀리아와 라피셀이었다.

밀리아는 일부러 신관복을 벗고 일반인인 척하고 있었다.

심문관이라는 것이 알려지면 사교도들도 미리 눈치를 챌 테 니까.

두 사람은 걸음을 옮기며 시종일관 진지하게 주변을 살폈 다.

어린 소녀 둘이서 도끼눈을 뜬 채 사방을 탐색하고 있으니 수상해 보일 법도 하지만, 실제로는 전혀 그렇지가 않았다.

다른 사람들 눈엔 이렇게 보이거든.

'길 잃었나?'

'아니면 일행을 잃어버렸을지도?'

아무리 둘의 실력이 뛰어나다 해도 겉보기엔 연약한 여자 애들일 뿐인 것이다.

10대 소녀 둘이서 험한 밤거리를 쏘다니니 영 보기 불안하 다.

평화롭던 옛 그렌탈 백작령이었다면 오지랖 넓은 어른들 이 나서서 뭐라도 했을 것이다.

문제는, 휴델 백작 대신 이 영지를 차지한 새로운 영주는 그리 유능한 편이 아니라는 점이었다.

그 탓에 외지인 관리도 안 되고 치안도 나빠져서 민심도 극히 흉흉해졌다.

지켜보던 이들도 걱정은 조금 했지만 결국 이런 식으로 움 직인다.

'어쩌지?'

'무시하자.'

그리고, 이렇듯 치안이 안 좋은 곳에 어린 여자애 둘이 돌아다닐 경우엔 이런 상황도 빈번히 생기는 법.

뒷골목에서 한 무리의 사내들이 라피셀과 밀리아를 보며 수군거리고 있었다.

"어때요, 형님?"

"둘 다 쓸 만한데?"

어리고 예쁜 소녀는 여러모로 돈 만들 구석이 많다.

필설로 형용하면 안 되는 불법적인 영역에서는 특히나.

"그, 그래도 너무 어리지 않아요?"

"오히려 어린 쪽이 값을 비싸게 쳐주더라."

"와, 세상 썩었네."

마물이 들끓으면 그 마물들을 상대하기 위해 기존 전력이 빠져야 한다.

기존 전력이 빠지면 그만큼 치안이 나빠지고, 치안이 나빠지면 그만큼 불법적인 돈벌이 기회도 늘어나기 마련이다.

이 사내들 역시 그런 목적으로 성하 마을을 찾은 외지 출신의 건달들이었다.

"아, 여자애 하나가 칼을 가지고 있는데요."

"의외로 실력 있는 검사일지도?"

사내들은 잠시 진지한 표정을 지었다.

그리고 이내 표정을 풀며 웃었다.

"픕!"

"말도 안 되지."

"무술이 뭐 하루 이틀 만에 익혀지는 물건이냐?"

성직자나 마법사는 가끔 어린 나이에도 엄청난 능력을 발휘하는 경우가 있다.

하지만 무술의 경우에는 육체적 조건을 무시할 수 없는 법이다.

"저렇게 어린 애가 검술의 고수라고?"

"말도 안 되지."

"무슨 미래의 무왕도 아니고."

건달들은 조심스레 여자애들의 뒤를 쫓았다.

아직은 주위에 보는 눈이 많았다. 좀 더 으슥한 곳을 찾을 필요가 있었다.

운이 따라 주는 걸까?

여자애들이 알아서 뒷골목으로 기어들어 가기 시작했다.

"이야, 오늘 일진이 좋네."

"자, 일단 앞뒤부터 막아라."

"예, 형님."

으슥한 뒷골목 앞뒤로 커다란 그림자가 불쑥 나타났다.

길을 가던 두 소녀가 걸음을 멈췄다.

앞장선 건달 1명이 건들대며 말했다.

"이봐, 거기 가는 계집애들."

소녀 중 1명이 피식 웃었다.

"……와, 아가씨란 소리도 듣기 좋은 건 아니지만 계집애들이라니, 진짜 재수 없는 단어네?"

"그러게요."

어쩐지 둘 다 그리 당황한 기색이 아니었다.

하지만 건달들은 놀라지 않았다.

'계집애들이 상황 파악 못 하는 거야 흔한 일이지.'

'처맞기 전까진 주제도 모르고 소리만 빽빽 지른다니까?'

그렇다 해도 상대가 검을 뽑으면 일이 귀찮아진다. 그러니 감히 칼을 쥘 생각도 못 하게 만드는 게 편하다.

'일단 한 대 후려갈겨서 조용히 만들어야겠군.'

건달 하나가 손가락을 움직이며 앞으로 나설 때였다.

여전히 여자애들이 너무 태연했다.

"아니죠, 밀리아 언니?"

"응, 아니야. 그냥 동네 건달들."

"찾기 힘드네요."

"원래 그렇지, 뭐."

다른 건 둘째 치고 저 '동네 건달들'이란 표현이 굉장히 거슬린다.

실로 정확하게 자신들을 표현하는 수식어라 할 수 있겠다.

말인즉슨, 상황을 꽤 정확하게 인지하고 있다는 소린데?

"형님, 얘들 너무 태연한데요?"

하나 사내들의 우두머리는 여전히 걱정하지 않았다.

"뭘 놀라고 그래? 흔한 일이구만."

어설프게 무술 좀 익혔을 때 대다수의 인간들이 반드시 거쳐 가는 시기가 하나 있다.

세상이 하염없이 만만해 보이고, 아무나 때려눕힐 수 있을 것처럼 느껴지는 것이다.

저들의 나이를 감안하면 딱 그럴 시기이리라.

"뭐 하냐? 시끄러워지기 전에 빨리 입에 재갈부터 물려!"

사내들이 앞뒤로 달려들기 시작했다.

———※———

늦은 저녁 시간, 카르나크 일행은 새로 찾은 식당에 모여 앉아 있었다.

이번엔 운이 좋았는지, 상당히 수준 있는 요리를 내놓는 집이었다.

노릇하게 구운 돼지고기 햄 시금치 파이가 기막힌 향기를 피운다. 뒤이어 나온 수프도 보통이 아니다. 완두콩을 넣은 메추라기 수프의 진한 허브 향이 코끝을 맴돈다.

"여기 파이 잘 굽네?"

"수프도 맛이 기가 막힌데요!"

카르나크와 바로스가 신바람을 내며 칼질을 해 댔다.

맛없는 걸 먹은 후라 보상 심리로 더 맛있게 느껴지는 것 같았다.

그리고, 레번과 세라티는 옆에 앉아 어이없어하는 중이었다.

"이래도 되는 겁니까?"

지금 이 시간에도 라피셀과 밀리아는 있지도 않은 사교도를 찾아 거리를 떠돌고 있을 터였다.

"우리도 일단 찾는 시늉 정도는 해야 할 것 같은데……."

"그럼 하든가."

파이 조각을 입에 문 채 카르나크가 두 사람을 빤히 바라보았다.

"여기서 이거 먹을래, 나가서 거리 떠돌래?"

레번과 세라티가 눈을 깜빡였다. 그리고 포크와 나이프를 들었다.

"여기 파이 잘 굽네요."

"수프도 맛있고요."

어째 다들 느슨해진 느낌이다만, 딱히 나쁠 것도 없지 싶었다.

쉴 때 제대로 쉬어 줘야 싸울 때 제대로 싸울 수 있는 법 아닌가?

"어차피 아무 일도 없을 텐데요, 뭘."

바로스의 발언에 세라티가 반문했다.

"모르는 일이잖아요?"

사교도야 어차피 없다 해도, 이 동네의 건달들과 안 좋은 상황에 처할 가능성은 제법 크다.

물론 실력만 보면 동네 건달 따위가 라피셀의 털끝 하나 건드릴 수 있겠냐마는…….

"무슨 일이 있어도 살인은 피하려는 아이잖아요. 혹여 실수라도 하지 않을까 해서요."

그러자 카르나크와 바로스가 동시에 실소를 흘렸다.

"아, 그게……."

"분명히 라피셀이 살인을 피하기는 하는데 말이죠."

"살인만 피해."

"진짜 죽이지만 않죠."

잠깐 이해가 안 가 세라티가 눈을 깜빡거렸다.

"……네?"

파이 조각을 포크로 찍으며 카르나크가 말을 이었다.

"네가 어린 라피셀만 봐서 그렇지…….."

시프라스의 무왕, 라피셀은 분명 정의로운 영웅이었다.

하지만 딱히 인자한 성품이라고는 할 수 없었다.

"징벌 쪽으로 가면, 오히려 바로스가 착해 보이는 경우도 있었거든."

세상이 뒤집어지는 걸 느끼며 건달은 생각했다.

'아니, 이건 대체…….'

저 작은 잿빛 머리 소녀는 칼을 뽑지도 않았다.

그저 가볍게 한 걸음 다가오더니 손끝으로 어루만지듯 건달의 팔을 당겼을 뿐이다.

그런데 보이지 않는 뭔가가 그의 목덜미를 붙잡고 강제로 자빠뜨린다!

쿵!

바닥에 처박힌 건달이 비명을 터트렸다.

"크억!"

단순히 엎어진 충격 때문에 지른 비명은 아니었다.

그 역시 명색이 폭력으로 먹고사는 입장이다. 고작 날려간 것만으로 아프다고 엄살떨진 않는다.

하지만, 처박히면서 관절이 쏙 뽑혀 버리면 비명이 안 나올 수가 없지.

"으아아아악!"

다른 이들 역시 상황은 별다르지 않았다.

가볍게 파고들어, 가볍게 터치하고, 슬쩍 발을 걸거나 밀고 당길 뿐인데 이상하게 균형이 무너지고 제대로 서 있을 수가 없었다.

'왜 내가 밀리는 거야?'

기술에 걸려서 날아가는 느낌이 아니다.

'왜 내가 넘어지는 거지?'

세상이 흔들려 자신을 쓰러뜨리는 듯한 느낌이다.

'뭐가 어떻게 된 거냐고!'

그렇게 혼란 속에서 바닥에 처박히고 나면, 왠지 모르게 고장 난 꼭두각시 인형처럼 사지 관절이 분리되며 뇌가 타 버릴 듯한 고통이 전신을 엄습한다!

"아아아악!"

"으아아악!"

"크어어억!"

그렇게 라피셀은 사뿐사뿐 몇 걸음 걷는 것만으로 순식간에 건달들 절반을 망가진 인형처럼 만들어 버렸다. 상상을 초월하는 실력이었다.

남은 이들이 신음을 흘렸다.

"맙소사……."

"이게 무슨……."

무릇 진정한 달인은 간단한 몸놀림 하나만으로도 인간을 자유자재로 다룰 수 있다 하였다.

이들 역시 그런 달인이 세상에 존재한다는 건 알고 있었다.

현실에서 그런 일을 겪을 것이라 상상해 본 적은 한 번도 없지만.

드래곤이 불을 뿜는다는 건 모두가 알고 있지만, 그 불에 자신이 타 죽을 거라 예상하는 사람은 아무도 없잖아?

뒤늦게 정신을 차린 건달들이 고함을 터트렸다.

"젠장!"

"X 밟았다!"

"튀어!"

골목을 앞뒤로 포위했던 건달들이 반대쪽으로 뛰었다.

일부러 사방으로 뿔뿔이 흩어지는 것이다.

이리하면 몇 명은 잡혀서 고초를 겪겠지만 나머지는 무사히 살아서 도망칠 수 있다.

동료를 제물로 바쳐서 자신만이라도 살아남는 뒷골목의 지혜였다.

"안 돼요."

오늘은 그 지혜가 통하지 않았다.

"못 가요."

태연한 목소리가 울리며, 또다시 세상이 뒤집어지고 사지가 뽑힌다.

"으아아아악!"

잠시 후, 건달들은 전원 걸레처럼 구겨져 좁은 뒷골목을 뒹구는 신세가 되었다.

그 모습을 지켜본 밀리아가 멍하니 생각했다.

'라피셀 얘, 마냥 착한 줄 알았더니 은근히 성질 더럽네?'

라피셀의 성질은 결코 더럽지 않았다.

오히려 그녀는 건달들의 안위를 철저히 챙기는 중이었다.

'이런 일로 사람을 죽일 순 없지.'

살인은 돌이킬 수 없다.

아, 물론 요샌 세상이 이상해져서 죽은 사람들도 도로 기어 나오는 일이 잦긴 하지만, 하여튼 원칙적으론 그렇다.

그러므로 아무리 악인이라도 함부로 죽여선 안 된다.

하지만 그렇다고 저들이 악행에 대한 대가를 치르지 않는 것도 곤란하다.

그래서 사지 관절을 뽑아 전신불수로 만든 것이다.

이제 이들은 당분간, 지인들의 도움 없이는 죽 한 수저도 스스로 뜨지 못하는 몸이 되었다.

평소 악행을 많이 저지르지 않았다면 그런 몸이 되어도 큰 문제는 안 생기겠지. 친구나 지인이 어떻게든 보살펴 줄 테니까.

하지만 평소 지은 죄가 많다면?

반병신 되었다는 소식이 알려지자마자 여기저기서 치도곤을 치러 올 터.

전부 자업자득이다.

"오늘 만난 이들의 죄를 어리석은 제가 어찌 판단할 수 있겠어요? 그러니 자신의 죄를 스스로 받게 만들 수밖에요."

밀리아는 그런 라피셀을 바라보며 신기해했다.

어쩐지 자신보다 어린 아이의 말 같지 않았다. 이건 훨씬 나이 든 어른의 말이다.

"에이, 이게 다 언니에게서 배운 거……."

겸손해하려다 말고 라피셀은 문득 의아해했다.

생각해 보니 세라티에게선 이런 걸 배운 적이 없다.

'어머, 난 그럼 이런 걸 누구한테서 배웠지?'

한편, 쓰러진 건달들은 이를 갈며 분노를 터트리고 있었다.

"크어억!"

"네, 네년이 감히!"

아무것도 못하고 당한 주제에 참 부담 없이 욕을 퍼붓는다.

살려 달라고 빌어도 모자랄 판일 텐데.

설마 이들이 그토록 멍청한 걸까?

그렇다기보다는, 대부분의 인간은 이런 꼴이 되면 바보가 된다.

너무 아프고 열 받아서 사고 자체가 정지해 버리는 것이다.

그걸 알기에 라피셀도 딱히 화를 내거나 하진 않았다. 그냥 평소처럼 무시할 뿐이었다.

쓰러진 건달 하나가 재차 일어나 덤벼 올 때까지는.

"크아아아악!"

극심한 고통으로 비명을 터트리면서도, 건달은 양팔을 휘두르며 광인처럼 덤벼들었다.

그걸 본 밀리아가 눈을 동그랗게 떴다.

'에엥?'

근성이나 인내심의 문제가 아니었다.

관절이 빠졌으니 팔다리에 힘이 전달될 수 없다. 물리적으로 불가능하다.

뭔가가 관절 대신 힘을 전달해 주고 있다면 모를까.

과연, 시꺼먼 연기 같은 것이 건달의 전신에서 뭉게뭉게 피어오르고 있었다.

그것이 전신의 관절을 대신해 사지를 움직여 준다.

라피셀의 안색이 살짝 굳었다.

'……사령력!'

쓰러진 다른 건달들이 하나둘 몸을 일으키기 시작했다.

"으으……."

"으으으……."

기괴한 신음을 흘리며 사지를 도로 움직이는데 그 모습이 영 어색하다.

팔다리의 힘으로 일어나는 게 아니라, 어둠이 억지로 멱살 잡고 일으켜 세우는 쪽에 가까운 탓이었다.

검은 기류를 흘리는 놈들을 노려보며 밀리아는 당황했다.

'분명히 조금 전까진 아무런 조짐도 없었는데?'

딱히 방심하거나 한 것도 아니다.

분명히 정신을 집중해 상대를 자세히 살펴보았다.

그런 후에야 사령술과 아무 관련도 없다는 결론을 내렸다.

이들에게 걸린 술법이 성직자의 감각을 확실하게 속일 수 있었다는 의미다.

'사교도들이 이렇게까지 철저하게 어둠의 기운을 감출 수 있단 말이야?'

건달들이 두 팔을 휘두르며 덤벼 오기 시작했다.

"으아아아아!"

전신의 허점을 죄다 드러낸 채 미친 듯이 덤벼든다.

마치 전설 속의 광전사 같은 모습이다.

"흥!"

짧은 기합과 함께 라피셀은 몸을 틀었다.

그리고 곧바로 손을 뻗어 덤벼든 암흑 건달(?)의 손등을 밀었다.

아까처럼 기술을 걸어 넘어뜨리기 위해서였다.

이번엔 통하지 않았다.

잠깐 흔들릴 뿐 곧바로 고개를 돌린 채 더러운 이빨을 드러내며 재차 덤벼든다.

"크아아아아!"

방금 전에는 사람 힘으로 움직이던 경우라 신체 중심을 흐트리는 것만으로 쉽게 넘길 수 있었다.

하지만 지금의 저들은 근력으로 움직이는 게 아니다.

'검을 뽑아야 하나?'

잠시 고민하던 라피셀은 이내 고개를 저었다.

상대의 눈빛들이 지극히 흐렸다. 누가 봐도 조종당하는 상황이었다.

진짜 사교도들은 따로 숨어 있고 이들은 그저 꼭두각시일 뿐이란 소리였다.

'그렇다면 죽일 순 없어.'

동네 건달로 행패를 부린 것이 목이 날아갈 정도의 중죄는 아니다.

라피셀이 살짝 무릎을 굽혔다. 그리고 반동을 담아 몸을 날렸다.

푹!

일단 제일 선두의 건달 하나를 툭 친다.

너무 살살 쳐서, 타격이라기보다는 터치에 가까운 동작이었다.

때문에 얻어맞은 건달 역시 미동도 하지 않았다.

자신이 맞았다는 사실조차 모른 채 두 팔을 연신 휘둘러 댄다.

"크아아아!"

그때 라피셀이 한 번 더 건달을 툭 쳤다. 역시나 터치에 가까운 부드러운 동작이었다.

그런데 저 덩치 큰 사내가 마법에라도 걸린 것처럼 제자리에서 무너져 내린다.

우당탕!

뒤에서 지켜보던 밀리아가 눈을 동그랗게 떴다.

"라피셀? 지금 뭐 한 거야?"

＊

사방에서 건달들이 덤벼 온다.

무슨 절묘한 무술을 선보이는 건 아니다. 그냥 막무가내로, 눈앞의 잿빛 머리 소녀를 양손으로 붙잡아 버리려는 듯한 동작이다.

"으아아아!"

라피셀이 그 사이를 교묘하게 오갔다.

일단 휘두르는 상대의 팔 밑으로 파고들며 터치!

툭!

아무 일 없다.

얻어맞은 건달이 계속해 그녀를 붙잡기 위해 손을 뻗는다.

그때 다가오는 손길을 피하며 한 방 더!

그럼 모두가 똑같은 상황을 맞이한다.

"끄르르륵……."

게거품을 물면서 제자리에서 무너져 내리는 것이다.

첫 방에 쓰러지는 이는 아무도 없다.

하지만 두 번째 공격에는 반드시 쓰러진다.

전혀 세게 때린 것 같지 않은데도.

촉진 후 이어지는 오러의 신경계 침투.

시프라스의 무왕이 사령술에 사로잡힌 사람들을 구하기 위해 평생을 걸쳐 익힌 신기 중 하나였다.

어린 라피셀 입장에선 그냥 이렇게 하면 사지 멀쩡하게 쓰러뜨릴 수 있을 것 같으니 그냥 저지르는 것이었지만.

덕분에 암흑 건달(?)들은 빠르게 다시 잠들어 갔다.

멀리서 상황을 지켜보던 이들에겐 실로 경악스러운 모습이었다.

"저게 뭐야?"

"손에 독이라도 발랐나?"

"왜 건드리면 쓰러져?"

뒷골목 반대쪽 건물 옥상.

검은 로브 차림의 사내들 한 무리가 바닥에 잔뜩 엎드린 채 라피셀과 밀리아, 그리고 미끼로 쓴 건달들을 살피고 있었다.

이곳 그렌탈 영지에 새로 자리 잡은 검은 신의 교도들이었다.

이들의 우두머리, 휴델 백작의 후임자인 하버트가 코웃음을 쳤다.

"뭘 그리고 놀라고 있느냐?"

태연한 두목의 태도에 다들 놀란다.

"저게 뭔지 아신단 말입니까?"

뭐, 하버트라고 뭘 알아서 태연한 건 아니었다.

"당연히 모르지."

오러 유저는 인간의 한계를 초월한 괴물들이다.

자신 같은 평범한 인간들이 그런 괴물을 어찌 이해한단 말인가?

심지어 저 소녀는 무려 청색급이라 들었다.

비록 지금은 오러를 쓰고 있지 않지만, 그렇다 해도 지닌 경지가 어디 가는 건 아닐 테니 딱히 놀랄 이유도 없다.

어차피 하버트도 저 건달들만으로 라피셀과 밀리아를 제압할 생각은 아니었다.

저들은 어디까지나 발을 묶어 두는 미끼.

"준비된 자들이여."

그가 등 뒤로 신호를 보냈다.

"그분의 검을 휘둘러라."

도열한 검은 로브의 사내들, 그중 5명이 장검을 꺼내 들었다. 그리고 굳은 얼굴로 몸을 날렸다.

펄럭이는 옷자락 소리와 함께 다섯 그림자가 빠르게 골목 안쪽으로 향한다.

그들의 접근을 느낀 라피셀이 살짝 인상을 썼다.

'음?'

일단 상황을 파악하기 위해 방어 태세를 취한다.

그 틈에 다가온 사내들이 둘을 앞뒤로 포위했다.

그들이 겨눈 장검의 칼날 위로, 칠흑의 기운이 어리기 시작했다.

밀리아가 중얼거렸다.

"암흑투기?"

다크 나이트인지 블랙 서번트인지는 모르겠지만, 하여튼 사령술을 이용해 투기의 힘을 손에 넣은 자들이었다.

'저거 만들기 힘들다던데 5명이나 있네.'

저들이 상대라면 맨손은 아무래도 위험하다.

라피셀도 허리의 검을 뽑았다.

"조심해, 라피셀."

차분하게 밀리아가 신성 주문을 발동했다.

라피셀의 전신에 희미한 빛이 잠시 어렸다.

기력을 보충해 주고 삿된 기운에 대항하기 쉽게 해 주는 주문이었다.

검을 겨눈 사교도 중 1명이 중얼거렸다.

"저 아이, 역시 심문관이었군."

짐작은 하고 있었다. 카르나크 일행이 심문관 1명을 대동한다는 소식은 이들도 미리 입수했으니까.

그렇다 해도 두려워할 필요는 없다.

"아무리 청색급 오러 유저라도, 우리 모두를 감당하긴 쉽지 않을 터!"

'……청색급?'

상대의 말에 라피셀이 잠시 눈을 깜빡거렸다.

"아, 그렇지."

그리고 이내 쓴웃음을 지었다.

"어쩐 속인 것 같아서 좀 그러네요."

잿빛 머리 소녀가 손에 쥔 검을 가볍게 흔든다. 칼날에서 빛이 솟구친다.

부우우웅!

순간 사교도들의 안색이 창백해졌다.

"……어?"

"저, 저건?"

찬란한 보랏빛 광채가 저녁 골목길을 은은히 밝히고 있었다.

하버트는 멍하니 입만 벌리고 있었다.

"……."

도저히 눈앞의 현실이 믿기지 않았다.

'자색급이라고? 저렇게 어린 나이에?'

대체로 오러를 터득한 이들이 자색급의 경지에 오르는 건 마흔 이후인 법이다. 아무리 빨라도 서른 중반쯤인 게 정상이고.

물론 역대 무왕 중엔 간혹 20대 중반에 터득하는 경우도 있긴 했지만…….

'그래도 10대는 너무하잖아!'

이게 말이 되나?

혹시 저쪽도 사령술 같은 걸 쓰고 있는 게 아닐까?

그렇지 않고서야 저렇게까지 비정상적으로 경지가 높을 순 없잖아!

그러는 동안에도, 우아한 자색광을 전신에 두른 소녀는 안광을 빛내며 뒷골목을 누비고 있었다.

상대는 사악한 사교도.

죽이진 않는다 해도 지은 죄에 대한 대가는 치러야 한다.

하지만 사교도는 팔다리 좀 분지르는 것으로는 대가를 치르게 할 수가 없다. 그 정도는 어둠의 힘으로 금방 복구해 버린다.

그러니 자른다.

보랏빛 투기검이 암흑투기를 가르며 상대의 육신까지 파고들었다.

순식간에 사교도의 왼쪽 다리가 뎅겅 잘려 나갔다.

"으, 으아아아악!"

내장이 쏟아지는 듯한 처절한 비명이 터져 나왔지만 라피셀은 눈 하나 깜빡하지 않았다.

아파야 할 사람이 아파하고 있으니, 참으로 세상의 이치에 합당하지 않은가?

문제는 이렇게까지 해도 사교도들은 쉽게 반성하지 않는다는 점이다.

"이, 이년이 내 다리를!"

외다리가 된 사교도 1명이 다른 발로 땅을 박차며 암흑투기를 휘둘러 댄다.

참으로 사악한 사령술사답다.

그러니 또 자른다.

이번엔 오른 다리를.

"으아아악!"

소중한 동료들의 비명 앞에, 멀리서 상황을 살피던 다른 사교도들이 하버트를 돌아보았다.

"어, 어쩝니까?"

"이대로 저들을 죽게 내버려 둘 수는……."

하버트는 주먹을 불끈 쥐었다.

'제, 제기랄…….'

결코 상대를 경시하지 않았다. 만일의 사태에 대비해 일부러 모든 전력을 끌고 왔다.

심지어 가장 약한 어린애들만 노리는 비겁한 짓도 마다하지 않았다.

그런데도 이런 꼴이라니.

'어쩔 수 없군.'

이렇게 된 이상 남은 방법은 하나뿐이다.

가치 없는 자신들이 지닌, 유일하게 가치 있는 것을 바칠 수밖에.

"성도들이여……."

하버트가 침울한 목소리를 흘렸다.

"다가올 좋은 세상을 위해, 그 목숨을 다오……."

사교도들은 의외로 놀라지 않았다.

이미 짐작하고 있었다는 표정이었다.

"슬퍼하지 마십시오."

"우린 다시 만날 겁니다."

"테스라낙 님을 위해!"

환하게 웃으며 3명의 사령술사가 품에서 단검을 꺼냈다. 그리고 주저 없이 스스로의 목을 그었다.

파아아앗!
피 분수가 솟구치며 밤하늘이 시뻘겋게 물들기 시작했다.

카르나크 일행은 느긋하게 이를 쑤시고 있었다.

"아, 배부르다."

"잘 먹었네요."

요리도 맛있었고 와인도 근사했다. 행복한 저녁이었다.

"이게 사람 사는 맛이지."

그렇게 카르나크가 히죽거릴 때였다.

갑자기 그는 물론이고 바로스, 세라티, 레번이 동시에 고개를 돌렸다.

'어?'

그리고 약속이나 한 듯이 한꺼번에 식당 밖으로 뛰쳐나간다!

"엑!"

"뭐야, 저 사람들?"

"무전취식이냐?"

다른 손님들이 어이없어하며 한마디씩 했다. 식당 주인이 기겁해 쫓아 나왔다.

"이 사람들아! 돈 내고 가야지!"

하지만 밖에 나온 순간, 주인은 더 이상 밥값 걱정을 하지 못하게 되었다.

눈앞에 펼쳐진 밤하늘, 그곳에 떠오른 보름달이 시뻘겋게 물들어 간다.

그 위로 검은 기류가 폭포처럼 무지막지하게 솟구치더니 사방으로 퍼져 가며 검은 비가 되어 떨어진다.

떨어진 빗물이 회오리치며 성하 마을 전체를 어둠으로 휘감고 있었다.

"으, 으아아악!"

"뭐야, 이거?"

여기저기서 마을 사람들이 경악해 도주하기 시작했다.

허리의 검에 손을 가져가며 바로스가 빠르게 물었다.

"이거 뭡니까, 도련님? 설마 진짜로 사교도가 있었던 거예요?"

인상을 쓰며 카르나크가 대꾸했다.

"그런가 본데?"

"어떻게 그럴 수 있어요? 설마 영지 오면서 확인도 안 하신 겁니까?"

사실 확인은 했다.

어디 가건 어둠의 흔적부터 파악하는 건 수십 년 묵은 습관이라 오히려 버리기가 더 힘들다.

더욱 이해가 안 간다며 세라티가 질문했다.

"그럼 왜 못 알아챈 거예요? 그 어떤 사령술이라도 카르나크 님의 눈은 속이지 못한다면서요!"

변명하듯 카르나크가 뇌까렸다.

"……확인은 했는데, 구별이 안 갔어."

이곳 그렌탈 영지는 원래 휴델 백작과 그 수하 사교도들이 암약하던 곳이다.

그런 만큼 성이며 마을 곳곳에 기존의 사기가 아직도 꽤나 남아 있다.

"그냥 원래 있던 흔적인 줄 알았지."

딱히 카르나크의 부주의를 탓할 수만도 없긴 했다.

그뿐만이 아니라, 요즘은 7여신교의 심문관들도 사령술의 흔적을 찾기가 힘들어지고 있었다.

어딜 가도 어둠의 흔적이 존재하고 있으니까.

몇 년에 걸쳐 무수한 종말의 어둠이 대륙 전체를 뒤덮으며 흩뿌려졌다.

비가 너무 자주 와서 항상 땅이 축축한 상태이니, 젖은 흔적을 봐도 이게 어제 내린 비인지 일주일 전에 내린 비인지 구별할 수가 없게 된 것이다.

어쨌든 이 정도로 엄청난 사기라면 아무리 카르나크 일행이라도 경시할 수 없었다.

따로 움직이고 있는 라피셀과 밀리아도 걱정이다.

"어쨌든 가 보자!"

"넵!"

네 사람이 일제히 땅을 박차며 어둠이 솟구치는 곳으로 향하기 시작했다.

빛의 권속

성하 마을을 뒤덮은 이 가공할 어둠은 그 자체로 무슨 목적이 있는 것은 아니었다.

그저 지나치게 강력한 존재가, 너무도 깊은 곳에서 올라온 탓에 여파가 이토록 클 뿐.

마을을 어둠으로 물들인 존재가 포효를 터트린다.

"크아아아아!"

그것은 네발 달린 마수의 몸에 인간형의 상체가 달린 거구의 악마였다.

비늘 덮인 전신이 무려 2층 건물에 맞먹을 정도로 거대하다. 흉측한 두 눈과 이빨 사이로 검푸른 불길이 연신 일렁인다.

멀리서 달려오던 카르나크와 바로스가 악마를 보고 안색을 굳혔다.

"저거 카-툴칸인가?"

"자하크의 주인이잖아요?"

비록 자하크가 여러 변방 지옥 중 하나이긴 하지만, 그래도 한 지옥의 주인쯤 되면 보통 대악마가 아니다.

트리스트 시티에서 슈트라프 주교가 소환했던 악마, 마즈-눈보다 몇 단계나 위의 존재인 것이다.

"어지간한 실버 나이트와도 맞먹는 놈인데……."

카르나크조차도 젊은 시절엔 쉽게 부르지 못했던 악마 중의 악마가 이곳에 모습을 드러내다니?

"검은 신의 교단에 저걸 소환할 정도로 강력한 사령술사가 있었단 말이야?"

레번과 세라티의 표정이 어두워졌다.

검은 신의 교단이 점점 더 강력해지고 있다는 명백한 증거였다.

물론 아무리 그렇다 해도 지금의 카르나크 일행에게 위협이 될 정도는 아니다.

은검기급이란 소리는, 그냥 바로스 혼자서도 감당이 된다는 뜻이니까.

문제는, 아무리 봐도 저놈이 나타난 이유가 라피셀과 밀리아 때문일 것 같다는 것이다.

아무리 라피셀이라도 단신으로 저 정도의 악마와 싸우긴 벅찰 터.

'제발 무사해, 라피셀!'

초조해하며 세라티가 더욱 속도를 높일 때였다.

그 강력한 악마가 갑자기 허공으로 떠오르더니, 뭔가에 거창하게 얻어맞고 바닥으로 추락해 버렸다!

콰아아아아앙!

폭음 사이로 세라티의 멍한 신음이 새어 나왔다.

"……어?"

⊰≪✦≫⊱

잿빛 머리 소녀가 몸을 날린다.

한 줄기 신형이 나가떨어진 악마의 머리통으로 유성처럼 떨어진다.

쉬이이익!

또다시 폭음이 일었다.

콰아아앙!

"크, 크으윽!"

신음을 흘리며 악마도 정신없이 반격에 나섰다.

지옥의 창을 소환해 휘두르며 동시에 마기를 끌어 올려 심연의 불꽃을 터트린다.

스치기만 해도 재가 될 듯한 가공할 열기가 창날에 휘감겨 라피셀에게 쇄도한다.

그 위세는 실로 실버 나이트라도 무시 못 할 수준!

"흥!"

라피셀은 잘도 무시하고 있었다.

보랏빛 오러를 전신에 두른 채 모든 공세를 피해 낸다.

단숨에 거리를 좁힌 뒤 또다시 일 검을 길게 뻗는다!

"타아앗!"

오러의 참격이 대포처럼 쏟아지며 악마의 몸통을 강타했다. 또 악마가 비명을 터트리며 뒤로 나뒹굴었다.

'제기랄!'

고통 속에서 자하크의 악마, 카—툴칸은 이를 갈았다.

'이 인간은 대체 뭐지?'

인간 오러 유저는 경지에 따라 투기의 색이 달라진다. 눈으로도 실력이 어느 정도 짐작이 간다는 의미다.

틀림없이 보랏빛 오러였다.

카—툴칸 정도의 대악마라면 어렵지 않게 상대할 수 있는 자색급 오러 유저란 소리다.

그런데 왜 참격의 위력이 이렇게나 높단 말인가?

악마의 의문은 길게 이어지지 않았다.

이어진 라피셀의 연격은 그에게 의아해하고 있을 틈조차 주지 않았으니까.

"헙! 에잇! 타앗!"

연달아 쏟아지는 참격 속에서, 연신 악마의 포효가 터져 나왔다.

"뜨억! 뜨아아아아!"

비명인지 기합인지 참 애매한 외침이었다.

거대한 악마가 작은 소녀에게 죽도록 처맞는 비현실적인 풍경.

이를 지켜보던 세라티가 중얼거렸다.

"저 악마, 은검기급 맞아요?"

딱히 답을 구하는 질문은 아니었다.

사실 그녀도 악마가 실버 나이트에 필적한다는 사실은 익히 느끼고 있었다.

그냥, 전신에서 풍기는 방대한 마기만 봐도 알 수 있으니까.

'그런데 어떻게 라피셸은 저렇게 간단하게?'

분명히 라피셸의 오러가 훨씬 약했다. 아무리 봐도 계란으로 바위 치기였다.

그런데 계란이 바위를 칠 때마다 바위가 쩍쩍 갈라지고 돌가루가 튀면서 안타까운 비명이 터져 나온다?

"아아아악!"

바로스가 혀를 찼다.

"와, 나도 저렇게까지는 못하겠는데?"

이유는 간단했다.

"공격 순간에만 경지를 올리고 있어서 그래요."

자색급을 유지한 채 파고들다가, 참격을 날리는 찰나의 순간에만 은검기를 발하는 것이다.

그 순간이 너무 짧아서 어지간한 이들에겐 채 인식조차 되지 않는다.

바로스가 펼치던 '경지 올리기'의 완성형인 셈이었다.

심지어 검술도 처음 본다.

세라티가 가르쳐 준 타스칼 검술은 편린도 남아 있지 않았다.

대신 펼치는 것은 극도로 고도의, 우아하고 세련된 검술.

"무왕 벨티아의 검술이네요."

바로스의 말에 세라티와 레번의 안색이 변했다.

"그렇다는 건…… 어른 라피셀?"

"시프라스의 무왕이란 말입니까?"

설마 라피셀의 정신에 또 문제가 생긴 걸까?

다행히 아직 그 정도는 아닌 듯했다.

"그냥 무아지경 상태인 것 같은데요."

자세히 보니 라피셀의 눈동자에 초점이 없었다. 틀림없이 무의식 상태였다.

덕분에 시프라스의 무왕이 지닌 경지마저 어느 정도 흘러 나오고 있는 것 같지만…….

"저 상태가 오래갈 리 없지."

카르나크가 일행을 닦달했다.

"어서 우리도 가세하자!"

정신 나간 라피셀 1명에게도 가차 없이 밀리던 카-툴칸이 었다. 그런데 거기에 카르나크 일행까지 가세했다.

그렇다면 결과는?

"끄어어어어…….."

집채만 한 거구의 악마가 바닥에 늘어져 파들파들 떠는 신세가 되는 데는 1분도 채 걸리지 않았다.

"악마를 지옥에 돌려보내 봐야 원한만 사겠지?"

신음하는 자하크의 악마를 보며 카르나크가 손가락을 까닥였다.

"그러니 그냥 여기서 죽인다."

"자, 잠깐! 자…….."

화르르륵!

여전히 대화 따윈 하지 않는 카르나크였다.

채 말이 끝나기도 전에 악마의 전신이 검붉은 화염에 휩싸여 재가 되어 갔다.

사교도들이 목숨까지 바쳐 가며 소환한 대악마의 말로치곤 상당히 비참한 결과라 하겠다.

하지만 카르나크의 표정은 영 펴지지 않았다.

"상대가 우리라서 쉽게 끝난 거지, 사실 이놈이 만만한 놈은 절대 아니거든."

검은 신의 교단이 점점 더 강력한 사령술을 선보이고 있는 것이다.

한편 라피셀은 제자리에 멍하니 서 있었다.

세라티가 넋 나간 그녀의 뺨을 톡톡 쳤다.

"라피셀! 라피셀!"

소녀의 눈동자에 빛이 돌아왔다.

"아, 언니……."

주위를 둘러보더니, 불타고 있는 카-툴칸을 보며 흠칫 놀란다.

"앗! 저건……."

대충 저 악마가 나타난 것까진 기억이 나는데, 그 후에 어떻게 된 건지 모르겠다.

고민하던 그녀가 카르나크를 돌아보았다.

"카르나크 님이 해치우셨군요?"

"아, 뭐, 그래."

카르나크는 대충 흘려 넘겼다.

실은 라피셸 혼자 다 처리했지만, 그 이야기를 해 버리면
또 혼란이 오겠지.

주위를 둘러보며 레번이 물었다.

"밀리아는?"

그러자 라피셸의 안색이 딱딱하게 굳었다.

'맞다! 밀리아 언니!'

흐릿하던 기억이 돌아왔다. 동시에 조금 전의 상황도 떠올
랐다.

거대한 악마가 나타나 라피셸을 공격하고, 밀리아가 전력
으로 라피셸에게 신성 주문을 걸어 주고, 그 틈에 사교도들
이 밀리아를 기습해 쓰러뜨렸던 그 상황이.

"큰일이에요! 놈들이 밀리아 언니를 납치했어요!"

다급해하는 라피셸과 달리 카르나크의 반응은 영 애매했
다.

"······밀리아를?"

솔직히 좀 이해가 가지 않았다.

'왜 굳이 밀리아? 걔한테 인질로 잡을 가치가 있나?'

딱히 밀리아가 하찮은 존재란 소리는 아니다.

성직자는 의식에 바칠 제물로 가치가 높다. 특히나 심문관
이라면 더더욱 악마들이 좋아할 영혼이다.

이해가 안 가는 부분은 이쪽이었다.

'자하크의 주인까지 불러 놓고 고작 밀리아? 전혀 수지가 안 맞을 텐데.'

아니면 원래는 라피셀을 노린 건데 실패한 걸까? 그래서 꿩 대신 닭이라고 만만한 밀리아라도 대신 잡아간 것? 조금이라도 손해를 만회해 보려고?

'이건 또 사령술사답긴 하군.'

하여튼 밀리아가 사교단에 잡혀간 것은 틀림없는 사실이다.

주위의 사기를 감지하며 카르나크가 말했다.

"놈들의 흔적을 쫓아 볼게."

아까야 밥 먹느라 정신이 팔려서 미처 눈치를 못 챘지만, 일단 어둠을 인식하고 나면 정밀하게 분류할 수 있다.

"이 정도로 흔적을 남겨 놓았으면 쫓아가기는 어렵지 않지."

"아니, 이미 뒷북 쳐 놓고 잘난 척하셔 봤자……."

"시끄러."

"넵!"

평소처럼 바로스와 티격대며 카르나크는 어둠의 자취를 쫓았다. 그리고 마을 서쪽을 가리켰다.

"이쪽이다."

성하 마을 서쪽에 위치한 갈란트산, 그 능선을 따라 길게 드리워진 숲속에 작은 통나무집 하나가 서 있었다.

얼핏 평범한 사냥꾼의 오두막 같아 보이지만 사실은 검은 신의 교단이 은신처로 삼은 곳이었다.

그 오두막 뒤쪽에 뚫린 제법 커다란 동굴로 한 무리의 사내들이 움직인다.

전원 검은 로브 차림이었는데, 그중 덩치가 좋은 사내 하나가 어깨에 꽁꽁 묶은 작은 소녀를 들고 있었다.

저주받은 목걸이를 걸어 신성력이 억제된 밀리아였다.

동굴로 향하며 사내들이 두려움 섞인 목소리를 흘렸다.

"어떻게 그 작은 몸에서 그런 힘이 나오는 거죠?"

"제 눈을 믿을 수가 없었습니다. 자색급 오러 유저라니…….."

"그 소녀는 대체 뭡니까?"

수하들의 말에 하버트가 한숨을 내쉬었다.

"난들 알 리가 있겠느냐?"

"세상엔 너무도 무서운 일들이 많이 일어나는군요."

"그러니 우리 같은 약자들은 그저 발버둥 칠 수밖에."

한탄을 흘리는 그들을 보며 묶여 있던 소녀, 밀리아가 눈을 부라렸다.

'사교도들 주제에 뭔 억울한 사람인 척하고 있어?'

보고 있자니 복장이 터질 지경이었다.

하나 대놓고 따지진 못했다.

입에도 재갈이 물려 있었거든.

"읍읍읍읍!"

사교도 중 1명이 밀리아의 뺨을 후려갈겼다.

"닥쳐라!"

퍽!

애초에 제대로 떠들지도 못했는데 얻어맞으니 살짝 억울하다.

하지만 정말 억울할 일은 그다음이었다.

따귀를 날린 사교도가 눈물을 글썽이기 시작한 것이다.

"네년 때문에 얼마나 많은 교도가 목숨을 바쳐야 했는지 아느냐!"

심지어 옆에서는 위로도 한다.

"슬퍼하지 말게."

"그들은 테스라낙 님의 품속에서 안식을 얻었을 것이니."

"하지만 바트가…… 크흑."

자기들끼리 눈물짓고 위로하고 난리도 아닌데, 보는 밀리아 입장에선 기가 찰 일이었다.

'뭐래? 우리가 죽였냐? 우리가 죽였어?'

솔직히 라피셸과 밀리아는 아무도 죽인 적이 없다.

건달들은 얌전히 기절만 시켰고, 사교도들도 팔다리를 자르긴 했어도 목숨은 확실히 유지해 놓았다.

지들 스스로 자기 목 베고, 쓰러진 동료들 숨통 끊고 하면서 그 악마를 소환한 것이 아닌가?

'미친놈들!'

그러는 동안에도 사교도들은 꾸준히 동굴 안쪽으로 향하고 있었다.

조금 더 들어가니 꽤 넓은 공간이 나왔다.

벽마다 마법등이 걸려 있어 안이 제법 밝았다. 덕분에 내부가 훤히 보였다.

밀리아의 안색이 창백해졌다.

'저, 저건?'

그것은 제단이었다.

검붉은 피의 문양이 바닥과 벽을 잔뜩 물들이고, 뼈와 시체들로 기괴한 장식이 되어 있었다.

중앙에 위치한 석관에 밀리아를 내려놓으며 사교도 중 1명이 말했다.

"서둘러야 합니다. 그자라면 금방 이곳을 찾을 것이니."

여신의 사냥개, 카르나크 제스트라드.

그자는 특히나 사교도를 찾아내는 데 기이할 정도로 뛰어난 능력을 지니고 있었다.

사령술을 그토록 거창하게 써 버렸으니 더 이상 정체를 숨길 순 없으리라.

"그래도 다행히 목표물을 무사히 손에 넣었다."

하버트가 밀리아를 돌아보았다.

"이 소녀라면 그자, 카르나크를 찌를 비장의 한 수가 될 수 있을 터!"

밀리아의 두 눈이 동그랗게 변했다.

'내가? 내가 왜?'

하버트의 의미심장한 목소리가 이어졌다.

"그에겐 심각한 약점이 하나 있으니까 말이다."

밤이 깊어질 무렵, 사기의 흔적을 계속 좇은 카르나크 일행은 마침내 산속 깊숙한 곳의 한 오두막 근처까지 도달했다.

주위를 둘러보며 카르나크가 중얼거렸다.

"여기 거기잖아."

바로스도 고개를 끄덕였다.

"그러게요. 거기네."

낯익은 장소였다.

정확히는, 카르나크 일행이 이미 한번 찾았던 곳이다. 레번만 빼고.

"여기가 어딘데요?"

"칡뿌리 캐던 사령술사 살던 곳."

"……네?"

레번은 눈을 껌뻑였다. 무슨 소리인지 이해가 가질 않았다.

'일종의 농담인가?'

실은 그냥 담백한 진실이지만.

세라티는 어둠 속의 오두막을 자세히 살폈다.

당시엔 오두막 하나만 덜렁 있었지만 지금은 주위에 다른 천막들도 몇 개 설치되어 있었다. 꽤나 많은 사교도들이 머무르고 있는 듯했다.

'이미 위치를 들켰는데도 이곳을 은신처로 쓰고 있나?'

살짝 의아했지만, 생각해 보니 이상할 것도 없었다.

아무리 산이 넓어도 사람 살 만한 곳은 사실 얼마 없는 법이니까.

터 좋고 물 나오는 곳은 귀중하다.

기감을 이용해 감지하며 레번이 상대의 전력을 계산했다.

"오두막 안에 다섯, 근처에 열. 동굴 안쪽까진 잘 모르겠군요."

카르나크도 빠르게 말을 받았다.

"근처에 사령결계도 펼쳐 놓았어. 전투가 시작되면 바로 발동하겠지."

전력이 제법 만만치 않아 보였다. 그렇다 해도 카르나크 일행에게 위협이 될 정도는 아니었지만.

동굴 쪽을 노려보며 세라티가 물었다.

"어쩌죠? 잠입해서 밀리아의 위치를 찾을까요?"

"그럴 시간이 없어."

카르나크는 인상을 쓰며 오두막 위쪽 하늘을 노려보았다.

다른 이들은 못 느끼겠지만 그의 눈엔 보였다.

희미한 어둠의 기운이 사방에서 몰려들고 있다. 저들이 뭔가 준비하고 있다는 증거다.

제물로 쓰기 좋은 성직자를 납치한 놈들이 뭔가를 준비하고 있다면, 결코 밀리아에게 이로운 행위는 아니겠지.

"뭔 일 당하기 전에 빠르게 구출한다."

현재 검은 신의 교단은 무서운 속도로 교세를 넓히고 있었다.

이미 제국 곳곳에 근거지를 마련해 여신교의 세력을 뒤흔드는 중이다.

비록 7왕국 연합 쪽은 황혼교라는 괴상한 놈들 때문에 주춤하고 있지만, 그렇다 해도 여전히 상당한 세력을 유지하고 있다.

게다가 종말의 시대가 오래도록 지속되며 대륙에 사기가 없는 곳이 없게 되었다. 때문에 지금은 성직자들도 예전처럼 교도들을 쉽게 색출하지 못한다.

이렇듯 승승장구하는 것처럼 보이는 검은 신의 교단이었지만, 이들에게도 남들에게 알리지 못할 고충은 있었다.

슬슬 기존의 사령술이 잘 통하지 않게 된 것이다.

사교도, 특히 사령술사들이 세상을 쉽게 어지럽힐 수 있었던 이유는 비단 사령술이 쉽게 익혀 쉽게 강해질 수 있기 때문만은 아니다.

적을 알고 나를 알면 백 번 싸워 백 번 지지 않는다 했던가?

사령술은 워낙 알려지지 않은 수법이었다.

반면 오러나 마법, 신성술은 다들 익숙할 대로 익숙하다.

모르면 맞아야지라는 농담도 있듯, 강력한 마법사나 오러 유저라도 허를 찔려 삼류 사령술사에게 당하는 일이 잦았다.

그런데 아까도 언급했듯이 종말의 시대가 오래도록 지속되었다.

그동안 많은 사령술사들이 출몰했고 많은 이들이 사령술에 맞서 싸웠다.

당연히 사령술을 상대하는 비법도 대륙 전역에 퍼졌다.

더 이상 사령술은 미지의 영역이 아니었다. 오러나 마법, 신성술처럼 잘 알려진 수법 중 하나가 되어 버렸다.

그리하여 위대한 죽음의 신께서는 자신의 성도들을 위해 은총을 내려 주었다.

사령술이 미지의 영역이 아니게 되었다면, 또다시 새로운 술법을 내려 주면 되는 것 아니겠는가!

지금 하버트가 펼치고 있는 의식이 그것이었다.

"델 라트 팔라스 크리 르타르……."

"라프 베이트 팔라 드라르……."

5명의 사령술사가 제단을 둘러싸고 주문을 외운다. 그때마다 어둠이 사방에서 몰려들어 제단 중앙으로 모인다.

이는 죽음의 신 테스라낙이 성인 엘레자르를 통해 내려 준 위대한 어둠의 지혜.

비록 많은 대가를 치러야 손에 넣을 수 있지만 그 권능은 실로 절대적이다.

이 비술을 전해 준 엘레자르의 말에 의하면, 제대로 의식을 완수할 경우 가히 무왕에 필적하는 힘을 얻을 수 있을 것이라 했던가?

'……라고는 하셨지만, 그래도 좀 깎아 들을 필요는 있겠지.'

원래 이런 비술 전해 줄 땐 만날 경천동지니 상전벽해니 하는 수식어가 붙기 마련이다.

'아무리 그래도 무왕과 비견될 정도일 리가 있나?'

은근히 현실적인 성격의 하버트였다.

어쨌거나 충분히 강대한 권능임에는 틀림없을 터.

그때였다. 갑자기 동굴 밖이 소란스러워졌다.

누군가가 안으로 뛰어들며 외친다.

"하버트 님!"

굳이 무슨 일이냐고 묻지 않았다. 어차피 짐작이 갔다.

과연, 예상했던 외침이 이어진다.

"놈들입니다! 여신의 사냥개들!"

해골 지팡이를 움켜쥐며 하버트가 어둠을 더욱 거세게 끌어 올리기 시작했다.

"시간이 없다! 의식을 서둘러 진행하라!"

───※───

숲 저편에서 강렬한 기운과 함께 침입자가 모습을 드러냈다. 카르나크 일행이었다.

하지만 사교도들은 놀라지 않았다.

어차피 이들도 곧 습격이 있을 거란 걸 알고 있었다.

"결국 나타났구나!"

"여신의 사냥개들!"

어둠의 투기를 끌어내고 방어 결계를 작동해 마수들을 부른다.

평범한 오두막 주위의 공터가 갑자기 인세의 지옥이 되었다.

하지만, 그 지옥 같은 풍경도 정작 일행을 어쩌진 못했다.

이곳의 사교도들도 결코 약하진 않았다. 예전 휴델 백작

밑에 있던 사교도들과 비슷한 수준이다.

문제는 지금 카르나크 일행의 실력이 당시와 전혀 비슷하지 않다는 점이었다.

"빠르게 돌입한다!"

"넵!"

카르나크의 말에 바로스가 오두막 주위 방어선 안쪽으로 몸을 던졌다. 그리고 사방으로 청색의 사슬검을 떨쳤다.

차르르륵!

은검기의 경지까지 오른 그였지만 지금은 일부러 청색급 수준까지만 구사했다. 이 정도 상대에게 굳이 오러를 낭비할 필요는 없으니까.

십여 줄기의 투기 사슬들이 사방으로 뻗어 나가 궤적에 걸친 사교도와 마물을 가차 없이 으깨어 갔다.

"크아악!"

"아악!"

뒤이어 레번과 세라티, 라피셀이 뛰어들었다.

투기검이 찬란한 빛을 발하며 곳곳에 피와 살점, 비명이 난무한다.

"아아아악!"

그렇게 카르나크 일행은 가차 없이 사교도들을 베며 동굴 안쪽으로 뛰어들어 갔다.

밀리아의 안위가 걸린 일이니만큼 시간을 지체할 수 없었다.

안쪽으로 좀 더 들어가니 거대한 공간이 나왔다.

공간 한복판에 기괴한 형태의 제단이 세워져 있고, 검은 로브의 사내들이 주위를 둘러싸고 뭔가 의식을 행하는 중이었다.

해골 지팡이를 든 중년 사내가 일행을 돌아보더니 이를 갈았다.

"제길, 벌써 여기까지……."

"벌써라고 하기엔 지키는 놈들이 너무 약하던데?"

비아냥거리며 카르나크는 힐끔 제단 안쪽을 엿보았다.

밀리아의 모습이 보이지 않았다. 그저 정체 모를 제단과 그를 둘러싼 사령술사 5명뿐이었다.

'그 애를 제물로 쓰려는 게 아니었나?'

의아해하며 카르나크가 품에서 완드를 꺼냈다.

"자, 자! 거기까지! 뭔 짓을 하려는 건진 모르겠지만 그쯤 하지?"

평소 버릇처럼 세라티가 비밀 전언으로 물었다.

[실제론 뭔 짓 하려는 건데요?]

의외로 이번엔 해답이 돌아오지 않았다.

[제단만 보고는 잘 모르겠어. 의식 내용을 마저 봐야 할 것 같은데?]

카르나크에게 익숙한 형식의 제단이 아니었다.

꽤나 변형이 가해져 있는 상태라, 이렇게 멀리서 힐끔 보는 정도로는 파악하기 힘들다.

[일단 애들부터 조지고 천천히 살펴보지, 뭐.]

일행이 제단의 좌우로 서서히 퍼져 가기 시작했다.

그 모습을 지켜보던 하버트가 문득 미소를 지었다.

"과연 그대의 명성은 헛되지 않군, 카르나크 제스트라드. 이렇게 빨리 우릴 찾을 줄은 몰랐다."

그리고 도저히 이해가 안 간다는 듯 묻는다.

"대체 어떻게 우리를 찾았지? 그토록 철저하게 숨어서 움직였는데."

일행은 내심 당황했다.

'어, 사실은……'

'전혀 몰랐는데……'

솔직히 저쪽에서 먼저 나서지 않았다면 모른 채 넘어갔을 것이다.

그냥 밥 한 끼 잘 챙겨 먹고 다음 날 목적지로 떠났겠지.

그렇다고 긁어 부스럼이었다고 하자니 체면이 안 선다.

카르나크가 뻔뻔하게 받아쳤다.

"훗! 네놈들이 아무리 은밀하게 움직여 봐야 내 눈을 속이진 못한다!"

뭐, 하버트라고 딱히 해답을 기대하고 던진 질문은 아니었다.

"하긴, 순순히 가르쳐 줄 리는 없나."

그저 조금 더 시간을 끌었을 뿐.

"하지만 안됐구나!"

덕분에 원하는 바를 얻었다.

하버트가 해골 지팡이를 들며 외쳤다.

"너무 늦었다! 이미 의식은 이루어졌으니!"

동시에 다른 4명의 사령술사들이 일제히 품에서 단검을
꺼내 든다.

"테스라낙이시여!"

"당신의 품으로 돌아가나이다!"

"부디 이 땅에!"

"새로운 하늘을 여소서!"

격한 외침과 함께 사령술사들이 자신의 목을 그었다.

붉은 피가 뿜어져 나오며 제단을 적셨다. 사방에서 몰려오
던 어둠의 기류가 더욱 격하게 휘몰아치기 시작했다.

카르나크가 인상을 썼다.

'이런.'

제물을 바치는 일반적인 의식인 줄 알았는데, 알고 보니
스스로를 바치는 희생제 의식이었다.

그런 탓에 진행 속도가 예상보다 빠르다.

제단 한가운데에서 찬란한 빛의 존재가 모습을 드러냈다.

아름다운 목소리가 음악처럼 울려 퍼지며 눈부신 광채가

동굴 내부를 가득 뒤덮어 갔다.

아아아아아!

동굴 전체가 뒤흔들리며 폭음이 울렸다.

콰아아앙!

폭연과 함께 입구로부터 다섯 줄기 신형이 튀어나왔다. 윈 드 워크 마법을 쓴 카르나크와 4명의 오러 유저였다.

동굴 쪽을 돌아보며 세라티가 떨리는 목소리를 흘렸다.

"저기…… 카르나크 님?"

레번도 비슷한 표정이었다.

"저거, 그거 아닙니까?"

이내 동굴 속에서 한 존재가 모습을 드러냈다.

전신을 빛의 갑주로 뒤덮은 천상의 존재가 날카로운 빛의 창을 겨눈다. 그 등 뒤로 펼쳐진 것은 찬란한 한 쌍의 빛의 날개.

익숙하기 그지없는 모습이었다.

카르나크가 미래 레번과 싸울 때 구사했던 마령술, 광익의 천사가 아닌가?

[어떻게 된 겁니까, 도련님? 왜 저놈들이 저걸 써요?]

다급한 바로스의 질문에 카르나크는 제대로 대답하지 못

했다.

[그, 글쎄다?]

그 역시 이해가 가지 않았다.

저 광익의 천사는 그조차도 소환 조건이 너무 까다로워 실전에서 아직 제대로 구사하지 못한다. 미래 레번과 싸울 땐 정말 어쩌다 조건이 맞아떨어졌을 뿐이다.

게다가 전혀 컨트롤이 되지 않는 괴물이기도 했다.

그래서 일반적인 소환체와 달리 카르나크 자신의 몸에 강신시킨 후에야 겨우 조종이 가능했다.

그걸 고작 엘레자르의 수하에 불과한 놈들이 소환해 냈다고? 심지어 일반적인 소환체처럼 조종까지 하고?

'어떻게 한 거지, 도대체?'

하여튼 지금 당면한 문제는 따로 있다.

레번이 창백한 얼굴로 그 점을 짚었다.

"저거, 무왕에 필적한다고 하지 않았습니까?"

실제로 카르나크가 저걸 써서 무왕 갤러드, 정확히 말하면 그의 육신에 깃들인 미래 레번과 동수를 이루지 않았던가?

"으하하하!"

통쾌한 듯 하버트가 광소를 터뜨렸다.

"보아라! 이것이 우리의 신께서 새로이 내려 주신 힘이니!"

광기로 시뻘게진 두 눈을 부라리며 고함을 내질러 댄다.

"죽음의 천사여! 우리의 적을 내치소서!"

또다시 천사의 아름다운 노랫소리가 숲속을 가득 메웠다.

아아아아아아!

사교도들이 소환해 낸 광익의 천사.

그 형태는 카르나크의 것과 신기할 정도로 똑같았다. 겉모양만 보면 그냥 같은 술법이라 해도 믿을 정도였다.

'하지만 어떻게?'

카르나크는 인상을 썼다.

차라리 놈들이 혼돈의 마왕을 구사했다면 이해는 갔을 것이다.

테스라낙이 다른 시공의 자신이라면 혼돈의 마왕 술식을 알고 있다 해도 이상할 것은 없다.

뎀피스의 설명에 의하면 카르나크를 잡아먹은 바로스가 테스라낙인 것 같다만, 그 경우에도 역시 카르나크의 지식은 공유할 테니까.

그런데 놈들이 소환한 건 혼돈의 마왕이 아니라 광익의 천사였다.

'저걸 테스라낙이 알고 있는 건 이상하지 않나?'

광익의 천사는 어디까지나 시공 회귀 후 카르나크가 만든 술법이었다.

똑같이 밥 챙겨 먹겠다고 지닌 힘 다 버리고 시공 회귀했다면 모를까, 그렇지 않은 이상 테스라낙에겐 저 수법을 알고 있을 당위성이 없다.

'게다가 알고 있다 해도, 굳이 이 상황에서?'

다른 이들의 눈을 속이기 위해 일부러 위력까지 낮추며 재구성한 수법이었다.

술법 자체로만 보면 당연히 혼돈의 마왕이 더 뛰어나다.

그리고 사교도들은 굳이 다른 사람들의 눈을 속일 필요가 없지 않은가?

'그냥 혼돈의 마왕을 쓰면 될 것을, 대체 왜?'

고민의 시간은 길지 않았다.

그러는 와중에도 광익의 천사는 카르나크 일행을 향해 살기를 터트리고 있었으니까.

아아아아!

노래를 부르며 광익의 천사가 높이 날아올랐다. 숲의 상공이 찬란한 빛으로 물들었다.

그 상태로 빛의 창이 연달아 쇄도해 온다!

파아아아앗!

연달아 쏟아지는 파괴의 빛에 세라티와 레번은 안색을 굳혔다.

'헉!'

'빠르다!'

감히 받아칠 엄두 따윈 나지도 않았다. 그저 전력을 다해 피하는 것에만 집중했다.

콰아앙!

한 가지 목적에만 집중한 보람이 있었다.

빛의 창이 아슬아슬하게 둘을 스치며 지면을 때렸다. 폭발이 일어나며 대지가 뒤흔들렸다.

자욱한 폭연 사이로 자색빛 오러가 솟구쳤다.

"타앗!"

날카로운 투기검이 천사의 좌측으로 파고들었다. 라피셀이었다.

절묘하게 상대의 빈틈을 노린 덕에 천사도 미처 반응하지 못했다. 보랏빛 오러의 칼날이 빛의 갑주를 강타했다.

그리고 광갑의 표면 위를 미끄러졌다.

파지지직!

분명 제대로 빈틈을 노리긴 했는데, 갑주의 방어력을 뚫을 만큼 그녀의 공격력이 높지 않았던 것이다.

그 탓에 오히려 라피셀이 뒤로 튕겨 나간다.

"아윽!"

천사가 고개를 돌리더니 빛의 창을 겨눴다.

이대로라면 그녀가 꼬치 상태가 될 상황.

"라피셀!"

바로스가 서둘러 그녀 앞을 가로막았다.

두 줄기 사슬검이 천사를 향해 날아들었다.

차르르륵!

이번에도 투기검은 갑주를 뚫지 못한 채 튕겼다. 바로스의 안색이 굳었다.

'쳇!'

복잡한 기교를 요구하는 오러 사슬검은 그만큼 상대적으로 파괴력이 낮다. 순수하게 방어력이 높은 상대에겐 그리 효과적이지 못하다.

'방법을 바꿔야겠다.'

오러 사슬을 거두고 바로스가 장검을 양손으로 쥐었다.

양손으로 검을 굳게 쥔 뒤 그대로 내려치며 한 손으로 바꾼다. 동시에 모든 기세를 오로지 검극 하나에만 압축한다!

—컴팩트 스트라이크!

크레타스의 무왕, 드렐타인의 비기 중 하나가 광익의 천사에게 작렬했다.

가공할 폭음이 숲의 대기를 찢어발겼다.

콰아아앙!

충격파만으로도 주변의 거목이 흔들리며 나뭇잎이 우수수

떨어진다. 광익의 천사 역시 수 미터 가까이 밀렸다.

하지만 쓰러지진 않았다.

잠시 균형이 무너졌을 뿐, 금방 빛의 날개를 펄럭이며 자세를 되돌린다.

그리고 이번엔 바로스를 향해 가공할 참격을 날린다!

아아아아아!

천사의 노랫소리와 함께 수십 줄기의 섬광이 바로스를 노렸다.

정신없이 몸을 틀어 피했지만 공세가 너무 빨랐다. 순식간에 바로스의 전신이 피투성이가 되었다.

그때였다.

"얼어붙은 파괴의 메아리! 프로스트 임팩트!"

한 줄기 백색 광선이 천사를 휘감았다. 카르나크가 날린 8서클 빙계 주문이었다.

똑같이 광익의 천사 술법을 쓰기엔 조건이 맞지 않았다. 그래서 다른 이들이 분전하는 틈을 타 고위 마법을 따로 완성시킨 것이다.

냉기의 안개가 퍼져 나가며 빛의 천사가 거대한 얼음에 갇혔다.

간신히 피한 바로스가 호들갑을 떨었다.

"으아, 큰일 날 뻔했네?"

카르나크가 핀잔을 던졌다.

"정신 차려. 끝난 거 아니다."

확실히, 얼음 속에 갇혀 있음에도 광익의 천사는 전혀 그 빛이 사그라지지 않았다.

오히려 점점 더 광채가 밝아져만 간다!

콰아아앙!

결국 마법의 얼음이 산산이 박살 났다.

사방으로 얼음 조각이 흩어지며 보석처럼 반짝인다. 천사가 재차 몸을 일으키며 빛의 창을 들어 겨눈다.

숨을 고르며 세라티가 혀를 찼다.

"와, 진짜 강하네요."

그리고 살짝 묘하다는 표정을 지었다.

'그래, 강하긴 분명 강하지만…….'

그녀뿐만이 아니었다.

다른 이들도 비슷한 생각을 하고 있었다.

'저거 어째…….'

'……약한데?'

저 광익의 천사가 만만하다는 소린 절대 아니었다.

여태 그 고생을 했는데?

확실히 버거울 정도로 강력한 상대임에는 틀림없었다.

다만 카르나크가 선보였던 광익의 천사는 이 정도가 아니었던 것이다.

그땐 무려 무왕에 필적하는 능력을 선보이지 않았던가?

미래 레번이 꽤나 힘을 조절하면서 싸우긴 했지만, 그래도 당시 카르나크가 소환한 존재는 확실히 강력한 능력을 지니고 있었다.

반면 저 천사는 뭔가 어중간하다.

약한 건 결코 아닌데, 그렇다고 절대적으로 강하지도 않다.

굳이 비유하자면 실버 나이트와 무왕의 중간 정도?

애초에 세라티나 레번 수준으로도 전력을 다하면 피하고 막을 수 있다는 것에서부터 무왕에 필적하지 않는다는 건 확실했다.

'이상하군. 내 술법이랑 뭔가 좀 다른가?'

어쨌거나, 저 정도면 할 만할 것 같았다.

바로스가 검을 고쳐 쥐며 전언을 날렸다.

[어쩔까요, 도련님?]

상대의 수법을 파악하기 위해 감추고 있었지만, 이쪽에도 아직 밑천은 남아 있다.

[저질러!]

[넵!]

허락이 떨어지자마자 바로스가 양팔을 펼쳤다.

기합을 터트리며 전신의 오러를 완벽하게 드러낸다!

"타아아아앗!"

투기가 무시무시하게 솟구치며 변화의 영역으로 치달렸

다.

눈부신 은빛 오러의 불길이 그의 전신을 휘감았다. 가공할
기세가 폭풍이 되어 인근 숲을 뒤흔들었다.

콰콰콰콰콰콰!

멀리서 상황을 지켜보던 하버트가 입을 쩍 벌렸다.

"으, 은검기?"

고작해야 10대 중반에 불과한 소녀가 자색급의 경지를 드
러냈을 때도 솔직히 어이가 없었다.

그런데 이젠 저자마저 실버 나이트라고?

대륙 전체를 통틀어 열 손가락 안에 든다는 절대 강자의
경지를 고작 20대 초반의 젊은 놈이 올랐어?

'말도 안 돼!'

은검기를 드러낸 바로스가 광익의 천사를 향해 투기검을
겨누었다.

"뭐, 일대일이면 아직 좀 버거울 것 같긴 한데……."

광익의 천사는 창을 거두고 방어 태세를 취하고 있었다.
바로스를 경계하는 것이었다.

"그래도 우리 모두 덤비면 또 그렇게까지 상대하기 어렵진
않을 것 같죠?"

얼핏 오만하게 들리지만 딱히 틀린 말이라고 할 수도 없었
다.

다들 눈을 빛내며 전투태세를 취했다.

하버트가 나직이 뇌까렸다.

"……정말이지, 미리 대비해 놓길 잘했군."

사실 그는 카르나크 일행을 매우 높게 평가하고 있었다.

그럴 수밖에 없다.

데스 나이트가 된 무왕 갤러드에, 죽음의 교황 제덱스마저 해치운 이들이 아닌가?

광익의 천사가 아무리 강해도 저 둘만은 못할 터, 그런데 어찌 이 술법만으로 카르나크 일행이 쓰러지길 기대하겠는가?

"그렇다 해도 죽음의 천사를 쓰러뜨릴 순 없을 것이다, 카르나크 제스트라드!"

하버트가 목청을 키워 고함을 내질렀다.

"우린 네놈의 약점을 알고 있으니까!"

그동안 카르나크는 하버트에 대해서는 딱히 신경을 쓰지 않았다.

어차피 죽인 다음 영혼 뽑으면 궁금한 건 얼마든지 알아낼 수 있는데, 무엇 하러 살아 있는 놈의 발언에 신경을 쓰나?

하지만 방금 들려온 외침은 도저히 무시할 수가 없었다.

"내 약점? 무슨 약점?"

진위를 떠나서, 솔직히 궁금하다.

[뭐라는 거야, 저놈? 나한테 무슨 약점 같은 거 있었어?]

[식충이? 덜렁이?]

[싸가지? 검은 머리 짐승?]

[다들 너무하시네. 인간 언저리 정도는 되시지 않나요?]

순서대로 세라티, 바로스, 레번의 답변이었다.

[……일단 너희들이 날 어떤 이미지로 보는지는 알겠다.]

대놓고 욕을 먹은 기분이 들긴 하는데, 어쨌든 저건 단점
이지 약점은 아니다.

'도대체 뭐가 내 약점이라는 거지?'

갑자기 천사의 투구가 벗겨지고 그 속에서 어린 소녀의 얼
굴이 드러났다.

그걸 본 순간 라피셀이 경악해 외쳤다.

"밀리아 언니!"

저 광익의 천사는 밀리아를 촉매로 소환된 존재였던 것이
다.

하버트가 해골 지팡이를 돌려 천사 속의 밀리아를 겨눴다.

그러더니 실로 의기양양하게 외친다!

"보았느냐!"

카르나크가 고개를 갸웃거렸다.

'보긴 했는데, 어쩌라고?'

천사의 본체가 밀리아였다?

솔직히 대충 짐작은 하고 있었다.

밀리아를 납치해 간 사령술사 놈들을 쫓아왔더니, 놈들이 제단을 쌓고 의식을 행하고 있었고, 그러더니 저 천사가 불쑥 소환되었잖아?

'그럼 제물 아니면 촉매 둘 중 하나지.'

제물이었다면 제단에 밀리아의 시체라도 남아 있어야 하는데 그렇지 않았다. 그렇다면 보나 마나 촉매겠지.

'밀리아가 천사 본체인 거랑 내 약점이 무슨 상관이 있다는 건데?'

"카르나크 제스트라드!"

하버트가 의미심장한 외침을 이었다.

"네놈은 결코 동료를 버리지 못한다! 그것이 네놈의 약점이지!"

순간 카르나크의 표정이 멍하게 바뀌었다.

'……내가?'

세라티와 레번, 바로스도 마찬가지였다.

'저 인간이?'

'이 인간이?'

'도련님이?'

결코 동료를 버리지 못한다고?

누가? 저 카르나크가?

모두가 어이없어하는 가운데, 하버트의 목소리가 이어진다.

"이 소녀가 우리 손에 있는 한 네놈의 손발은 묶일 수밖에 없다!"

헛소리도 정도껏이어야 웃고 넘어가는 법이다.

너무 황당해서 다들 오히려 당황해 버렸다.

'속임수인가?'

'대체 무슨 꿍꿍이인데 저런 소릴 하는 거지?'

오직 라피셀만이 하버트의 말을 진지하게 받아들이고 있었다.

"저 비열한 자가!"

초조해하며 잿빛 머리 소녀가 카르나크를 돌아본다.

"어쩌죠, 카르나크 님?"

카르나크는 눈을 깜빡였다.

"어쩌냐니……."

방금 전까지도 그는 이렇게만 생각하고 있었다.

'밀리아가 본체란 소리는 인간의 급소도 그대로란 의미지? 죽이기 편해졌구만.'

그런데 생각해 보니 그럴 수가 없었다.

여기서 밀리아를 죽여 버린다?

그럼 눈앞에서 초롱초롱한 눈망울을 보이고 있는 이 잿빛 머리 소녀는 과연 어떻게 반응할까?

상당히 높은 확률로 '소녀'에서 '100년 묵은 무왕'으로 돌아가 버릴 것이다!

'어라? 이거 진짜로 내 약점이 맞네?'

사실 하버트는 충분히 합리적인 판단을 내렸다.

카르나크의 실체는 제외하고, 회귀 후 여태 걸어온 행적만을 놓고 보자.

어둠사냥꾼으로 일할 때부터 무수히 많은 사령술사들을 물리치고 신민들을 구한 그였다.

킹스 오더에 들어간 후에도 항상 부하들을 먼저 생각해 좋은 식사와 숙소를 고르는 데 돈을 아끼지 않았다. 위험한 상황이 생기면 항상 자신이 먼저 뛰어들었다.

여기까지만 봐도 충분히 훌륭한 영웅의 행적인데, 심지어 하르톨 시티에서는 스스로의 안위조차 돌보지 않고 시민들을 구하는 데 전념하지 않았나?

아무리 정의로운 자라도 어느 정도 희생은 불가피하게 여기곤 한다.

그러나 카르나크는 결코 타협하지 않았다.

어떻게든 모두를 구하기 위해 동분서주했다.

이런 자를 상대로 인질극을 벌이지 않으면, 그게 오히려 사교도로서 직무유기가 아닐까?

'모르는 사람조차 1명이라도 더 구하려 하던 순진한 자다. 하물며 동료라면 말할 것도 없겠지!'

그렇다 해도 진짜 인질극 하듯 밀리아의 목에 칼 대고 '다들 무기를 버려라!' 같은 소릴 하는 건 멍청한 짓이다.

이 정도가 딱 좋다.

강력한 권능을 지닌 죽음의 천사에게, 인질이라는 억제력까지 부여되었다.

완전히 포기할 수도 없고 그렇다고 구할 수도 없으니, 어찌할 바를 모르겠지. 그러다가 결국 무릎 꿇게 될 터.

모든 것이 계획대로였다.

흥분한 하버트가 재차 고함을 내질렀다.

"죽음의 천사여! 우리의 적을 멸하소서!"

천사의 노랫소리가 숲을 뒤흔들었다.

아아아아아!

✳

하버트와 광익의 천사를 번갈아 살피며 카르나크는 혀를 찼다.

'이래서 함부로 착하게 살면 안 된다니까.'

하르톨 시티에서 안 어울리는 짓거리를 했으니 저놈들이 이따위로 나오는 것도 당연하다.

애초에 인질이니 포로니 무시하고 화끈하게 죽여 버렸어야 했다.

그래야 적들도 인질극 따윈 생각도 못 하게 되고, 종국엔 미래에 다가올 더 큰 피해를 막게 된다.

비밀 전언을 통해 당황한 세라티와 레번의 음성이 들려왔다.

[카르나크 님?]

[이제 어쩌죠?]

상식적인 반응이었다.

밀리아가 인질로 잡혔으니 고민이 되지 않을 수 없었다.

반면, 바로스는 좀 다른 의미로 고민하고 있었다.

[어떻게 할까요, 도련님?]

그의 오랜 경험으로 미루어 볼 때, 이런 상황에선 밀리아는 못 본 셈 치는 것이 제일 무난한 해결책이었다.

하지만 그랬다간 라피셀이 발작(?)한다.

[라피셀을 먼저 기절시킬까요?]

[기절시킬 자신은 있고?]

카르나크의 반문에 바로스는 쓴웃음을 지었다.

[힘들겠죠?]

어설프게 건드렸다간 무왕 나온다.

[차라리 죽이는 건 쉽……지도 않겠구나, 그것도.]

역시나, 자칫 잘못하면 무왕 나온다.

[골치 아프네요. 의도랑은 다르겠지만 저놈, 정말 우리 약점을 제대로 찔렀는데요?]

[그러게 말이다.]

역시 슬슬 라피셀을 버려야 할까? 어째 점점 부담이 커지는데.

전력은 이미 충분하다. 이제 와서 라피셀 1명에게 연연할 필요는 없다.

예전의 카르나크라면 눈도 깜짝 안 하고 쳐 냈을 상황이었다.

그런데 왜 마음이 안 움직일까…….

'역시 밀리아를 구해야 하나?'

그런데 어떻게?

이미 그녀는 광익의 천사와 영혼이 통째로 뒤섞여 버렸다.

여기서 밀리아만 구한다는 건 잘 끓인 밀크 티를 도로 우유와 홍차로 분리하라는 소리나 마찬가지다.

[정말 밀리아를 원래대로 돌릴 방법이 없나요?]

안타까워하는 세라티의 질문에 카르나크가 어깨를 으쓱였다.

[여태 그런 방법을 떠올린 사령술사는 없었어. 그럴 필요가 없었으니까.]

[카르나크 님은요?]

[음?]

[설마 그렇게나 많은 인간 영혼을 타락시켜 놓고, 원상태로 복구시킬 방법 한 번 생각 안 해 본 건 아닐 거 아니에요?]

[한 번도 안 해 봤는데?]

인간의 영혼을 타락시키는 게 아니라, 오히려 역으로 복구한다?

참으로 놀랍고 신선하다는 듯 카르나크가 턱을 매만졌다.

[호오, 그거 생각도 못 해 본 발상이군.]

다급한 와중에도 세라티가 욕설을 내뱉었다.

[아니, 명색이 사람 새끼가 어떻게 남 구할 생각은 한 번도 안 해 볼 수가 있어요?]

세라티의 비난에 카르나크는 억울해했다.

아무리 그라 한들 어찌 사람 구할 생각을 한 번도 안 해 봤을까?

회귀 전의 카르나크 역시 인간을 구한 적이 없는 것은 아니다.

'그래, 바로스도 구했었고…… 바로스도…… 음…… 어라?'

생각해 보니 딱히 억울해할 필요는 없을 것 같았다.

'바로스 말곤 진짜로 누굴 구할 생각 자체를 해 본 적이 없네.'

하여튼 카르나크가 저런 상식적인 발상을 신선하게 느낀 이유는, 그가 누구보다도 사령술사다웠기 때문이다.

그에게 있어 인간의 영혼이란 오직 사령술을 위한 재료일 뿐이었다.

비유하자면, 좋은 재료로 훌륭한 요리를 만드는 뛰어난 셰프라 하겠다.

과연 요리사가 이미 조리가 끝난 음식을 원상태로 되돌리려는 궁리를 할까?

그저 조금이라도 더 맛있고 뛰어난 요리를 만들기 위해 고민할 뿐이지.

그런 카르나크에겐, 온 세상 인간이 다 할 수 있는 저 발상이 유독 신선할 수밖에 없었다.

'하지만 난 이제 사령술을 버리기로 마음먹었으니까……'

세라티가 들었다면 분명 기막혀했을 것이다.

버리긴 뭘 버려? 기회만 오면 죽어라 사령술 써 대던데.

하지만 그녀가 모르는 부분이 있다.

카르나크 기준에서는 아주 틀린 말도 아닌 것이다.

숨 쉬듯 사령술을 써 오던 인간이 이 정도로 빈도수를 줄였으면 버렸다고 해도 무방하지.

'타락한 영혼을 원래대로 되돌린다라……'

이미 어둠과 섞인 영혼을 도로 분리하는 것은 사령술의 상식으론 불가능한 일이었다.

하지만 과연 정말로 불가능할까?

저 상식은 결국 과거의 사령술사들이 쌓아 온 지식일 뿐인 것 아닌가?

카르나크, 사령술의 극에 달해 온 세상을 죽음과 어둠으로 뒤덮은 그에게도 불가능한 일일까?

지금 자신의 모습을 네크로피아 제국의 부하들이 보았다면 이렇게 외칠 것이 분명하다.

불가능하다고. 사령왕이 사람을 구하는 건 있을 수 없는 일이라고.

'하지만 지금 그러고 있지.'

문득 카르나크의 눈빛에 이채가 돌았다.

세상에 불가능이란 없다.

그저 불가능이라 여기는 것이 있을 뿐.

온 세상을 죽음으로 뒤덮은 사령왕조차 이렇게까지 변할 수 있다면, 뒤섞인 우유와 홍차도 다시 분리될 수 있지 않을까?

＊

초승달 모양의 섬광이 바로스의 눈앞을 갈랐다. 광익의 천사가 내려친 참격이었다.

"헙!"

기합을 터트리며 바로스도 은색 투기로 맞섰다.

두 줄기 빛의 궤적이 허공에서 충돌했다.

우르르릉!

뇌성이 울리며 대기가 진동한다.

충격으로 인해 바로스가 뒤로 밀려났다. 반면 천사는 꼼짝도 하지 않았다.

위력 차이를 여실히 보여 주는 광경이었다.

"쳇!"

혀를 차는 바로스를 무시하고 천사가 공격 목표를 바꿨다. 마침 레번이 천사의 배후를 노리고 있었다.

제자리에서 순식간에 반전하며 레번과 눈을 마주한다.

덤벼들던 레번이 흠칫 놀랐다.

'이렇게 빨리?'

인간이라면 몸을 돌리는 동작이 이렇게 순식간에 일어날 수가 없다. 사전 동작이 반드시 선행되게 마련이다.

하지만 저 광익의 천사는 날개를 펄럭이는 것만으로 신체 제어를 순식간에 해 버린다!

아아아아아!

노랫소리와 함께 천사의 창이 레번의 머리통을 찔러 갔다. 레번이 사색이 되어 머리를 틀었다.

"크윽!"

타이밍이 맞아 간신히 피할 수 있었다. 하지만 위기에서 벗어난 것은 아니었다.

간신히 피한 그를 향해 천사의 참격이 이어지고 있었다.

레번의 안색이 굳었다.

'······!'

이미 전력을 다해 피하느라 자세가 무너진 후였다.

도저히 피할 타이밍을 잡을 수가 없다!

"레번 오빠!"

아슬아슬하게 라피셀의 보랏빛 투기검이 천사의 머리를 노렸다. 레번을 쫓아가던 참격이 허공에서 반전하며 투기검을 쳐 냈다.

콰아앙!

간신히 레번을 살리긴 했지만, 그 대가로 폭음과 함께 라피셀이 뒤로 날려 갔다.

나가떨어진 잿빛 머리 소녀가 바닥을 굴렀다.

"아으으윽!"

무사히 착지할 여력조차 없었다.

분명히 참격의 위력을 대부분 흘렸음에도 남은 힘이 너무 강했다. 전신에 충격이 엄습해 몸이 움직이지 않았다.

아까는 잠시 정신 줄을 놓은 덕에 무왕의 능력 일부를 쓸 수 있었지만 지금은 그냥 어린 라피셀이다. 자색급 이상의 오러는 못 쓰는 것이다.

쓰러진 그녀를 향해 천사가 빛의 창을 내려칠 때였다.

그새 바로스가 천사의 앞을 막아섰다.

"어딜!"

검을 사선으로 내리치며 은검기를 발한다.

휘몰아치는 은빛 투기가 내려 베는 칼날과 역으로 흐르며 양쪽으로 공세를 펼치는 형국으로 변했다.

-카운터 포스!

십자 형태의 참격이 천사의 공격을 튕겨 냈다.

절묘하게 카운터를 걸어 상대의 힘을 역이용한 것이다.

크레타스의 무왕, 드렐타인의 절기 중 하나였다.

그렇게 라피셀을 위기에서 구해 내며 바로스는 식은땀을 흘렸다.

'아으, 힘드네.'

역시 레번과 라피셀의 실력으로는 아직 저 광익의 천사를 상대하긴 힘든 듯했다.

전력으로 상대를 베고 쓰러뜨리는 것이 목표라면, 하늘에 닿은 두 사람의 재능으로 어떻게든 했을지도 모르겠다.

하지만 저 속에 들어앉은 밀리아 때문에 힘 조절을 해야 한다. 그런데 어설프게 상대하기엔 또 천사가 너무 강하다.

이런 특정 상황에서 필요한 것은 언제 치고 언제 빠질지, 언제 전력으로 상대하다 언제 힘을 조절해야 하는지에 대한 순간적인 판단이다.

그리고 이건 검술 실력보다는 오히려 경험에 좌지우지되

는 요소다.

그런데 둘 다 경지에 비해 경험이 너무 일천한 것이다.

원래 자색급은 빨라도 십수년에 가까운 전투를 경험한 후에나 오르는 경지.

아무리 하늘이 내린 재능이라도 시간까지 어찌할 순 없는 법이다.

레번은 분명 천재지만 경험이 너무 적다.

라피셀은 분명 경험이 많겠지만 그걸 전혀 기억하지 못한다.

뭘 해야 하는지를 알면 그 누구보다도 잘할 수 있겠지만, 뭘 해야 할지조차 모르는 상태에선 아무리 천재라도 헤맬 수밖에 없겠지.

'그나마 다행인 건…….'

호흡을 고르며 바로스는 천사의 왼편을 힐끔거렸다.

'의외로 세라티 경이 제 몫을 해 준다는 건가?'

＊

청색의 투기검을 휘두르며 세라티는 천사의 외곽을 크게 돌고 있었다.

그녀도 알고 있다, 자신의 실력으론 저 광익의 천사에게 유의미한 타격을 줄 수 없다는 것을.

'그러니 할 수 있는 것을 한다!'

일단 파고들었다.

아아아아아!

뭔가 시끄럽게 노래를 부르며 천사가 이쪽을 돌아본다. 그럼 바로 빠진다.

물러서는 세라티를 향해 천사가 빛의 창을 던진다.

빠르다. 진짜 빠르다.

이걸 보고 피하려 하면 늦는다. 인지하는 순간 꿰뚫려 꼬치 상태가 되어 버리겠지.

그러니 운에 맡기고 미리 피한다!

"타앗!"

몸을 틀며 세라티가 우측으로 내려앉듯 몸을 피했다.

운이 좋았다. 아슬아슬하게 빛의 창이 그녀의 머리칼을 스치고 지나갔다.

하지만 천사의 공세는 이것으로 끝이 아니다. 곧바로 후속타가 날아든다.

빛의 창이 궤도를 바꿔 머리를 쪼갤 듯 내려쳐졌다.

역시나 빠르다. 게다가 이번엔 피할 틈도 없다.

다가오는 죽음을 향해 그녀는 차분히 투기검을 던졌다.

콰아앙!

기사의 영혼이라는 검마저 아낌없이 던져 버리며 목숨부터 챙긴다. 그리고 역시나 차분하게 뒤로 빠진다.

사실 오러 유저는 가끔 검을 손에서 놓아도 되는 것이다.

떨어져도 오러로 도로 주울 수 있거든. 거기까지 생각이 안 미칠 뿐이지.

냉정하게 검을 도로 거두며 세라티는 천사의 주위를 돌았다.

계속해 생사를 오가면서도 머리를 차갑게 유지한다.

'그래, 할 수 있는 걸 하면 돼.'

그녀의 목표는 명확했다.

살아남고, 버티며, 카르나크에게 시간을 벌어 주는 것.

'저 인간이 저런 표정 짓고 있을 땐 뭔가 있다는 소리니까.'

계속해 세라티는 광익의 천사를 상대해 갔다.

끌려다니다가, 유인하고, 바로스에게 떠넘긴 뒤, 그 틈에 안전한 거리까지 빠진다.

얼핏 기사도에 어긋나는 비겁한 짓처럼 보일지도 모르겠다. 조금만 불리해져도 아군에게 적을 떠넘기는 짓이니까.

하지만 칼 쥔 자들에겐 이쪽이 오히려 미덕이다.

아군과 전략적으로 손발을 맞춰 움직일 수 있는 동료란 얼마나 귀중한가?

'편해졌군.'

세라티의 보조 덕분에 바로스의 움직임도 한결 부드러워졌다.

천사와 동료들을 전부 신경 쓸 필요가 없어진 것이다.

그렇게 두 사람이 손발을 맞춰 천사를 상대하기 시작하자 레번과 라피셀에게도 어느 정도 심적인 여유가 생겼다. 세라티의 움직임도 그제야 눈에 들어왔다.

'아…….'

'저거…….'

역시 경험은 무시할 수 없다.

오러의 경지 자체는 분명 두 사람이 높겠지만, 보다 잘 싸우고 있는 쪽은 틀림없이 세라티였다.

'그렇군, 저렇게 해야 하는 거였어!'

'과연 세라티 언니!'

솔직하게 감탄하며 두 사람도 세라티의 움직임을 따라 하기 시작했다.

'이거, 이렇게?'

'이렇게 하는 건가?'

딱 3초 걸렸다.

3초 만에 세라티보다 더 완벽하게 치고 빠지기를 구사한다.

'아.'

'된다.'

저 도박과도 같은 아슬아슬한 회피는 어떻게 따라 했냐고?

저기에 도박 거는 건 세라티뿐이었다. 레번과 라피셀은 그냥 피할 수 있었다.

이쯤 되면 천재들만 인생 너무 편히 사는 거 아니냐며 시기할 법도 하지만······.

'야, 천재들이랑 같이 다니니 인생 참 편하네.'

전혀 개의치 않는 세라티였다.

이걸 긍정적이라 해야 할지, 비굴하다고 해야 할진 모르겠다만.

레번과 라피셀까지 효율적인 움직임을 보이기 시작하자 드디어 바로스도 제 실력을 발휘할 수 있게 되었다.

쓰러뜨리기엔 힘이 모자란다.

힘이 넘쳐도 어차피 쓰러뜨릴 수도 없고.

'그러니 이렇게 한다!'

바로스가 장검으로 허공을 저었다.

마치 국자로 가마솥을 휘젓는 듯한 기이한 동작, 검술이라기엔 좀 많이 해괴한 모습이다.

─얼어붙은 참극!

순간 새하얀 냉기의 안개가 피어올라 천사의 사방을 휘감았다.

천사가 날개부터 얼어붙더니 이내 움직임이 굼떠지기 시

작한다.

검을 겨눈 채 바로스가 빙그레 웃었다.

'역시 이게 내 취향에 맞는단 말이지.'

적색급 오러 유저는 인간의 한계를 초월한 신체 능력과 스피드, 파괴력을 보인다.

청색급 오러 유저는 오러를 한 단계 더 끌어올려 길이와 형태를 변화시킬 수 있다.

자색급이 되면 오러를 분리해 화살처럼 날리거나 허공에 고정시키는 행위가 가능해진다.

그리고 은검의 경지에 들어서면, 자신의 오러에 마법처럼 속성까지 부여할 수 있는 것이다.

무왕 말리칸 툰의 절기, 얼어붙은 참극은 냉기의 오러로 상대의 움직임을 제어하는 데 탁월한 효과를 지닌 기술이었다.

바로스 역시 데스 나이트 로드였다 보니 냉기를 다루는 데 익숙했다. 어렵지 않게 말리칸의 기술을 구사할 수 있었다.

다만, 그리 오랫동안 천사의 발목을 잡고 있진 못했다.

잠시 멈칫거리던 천사가 빛의 날개를 떨쳤다. 수백의 얼음 조각이 사방으로 비산했다.

파지지직!

금방 풀려나는 상대를 노려보며 바로스가 어깨를 으쓱였다.

'뭐, 이 정도로 통할 거라곤 기대하지도 않았어.'

잠깐 머뭇거리게 한 걸로 족하다. 덕분에 연속으로 기술을 준비할 시간을 벌었다.

바로스가 검을 발도하듯 횡으로 뽑아 들며 길게 그었다.

참격이 허공을 그으며 화염을 뿜어냈다.

—이그니스 이펙트!

무왕 드렐타인이 종종 구사하던, 불꽃을 다루는 오러 스킬이었다.

자욱한 폭염이 냉기의 회오리 외곽을 타고 흘렀다. 푸른 냉기와 붉은 화염이 광익의 천사를 좌우로 덮쳐 온다.

여기에 종으로 내려 베기를 날리며 레번 스트라우스의 절기까지 추가!

—전왕의 뇌성!

냉기와 화염, 전격의 오러가 어울려 화려한 삼중주를 노래한다. 시야가 온통 붉음과 푸름, 백색으로 번뜩인다.

세라티가 감탄하며 중얼거렸다.

"맙소사, 오러 속성이 저렇게까지 다양하게 변할 수 있다니……."

반면 레번은 그리 놀라지 않았다.

그는 아버지인 무왕 갤러드가 오러에 다양한 속성을 부여해 검술을 펼치는 광경을 종종 봐 왔다.

'바로스 경, 미래에 무왕과 맞먹는 존재였다더니 은검의 경지로도 저 정도는 하는 건가?'

사실 겉보기에만 화려했지 실제로 위력이 있냐 하면 애매하긴 했다.

정작 광익의 천사에게는 별 피해가 없었으니까.

아아아아아아!

빛의 창이 휘둘릴 때마다 냉기와 폭염, 전격이 사방으로 흩어진다.

압도적인 물리력으로 흩어 버리면 냉기고 화염이고 다 마찬가지인 것이다.

흩어진 냉기와 화염, 전격이 사방으로 비산하며 천사의 주위를 맴돈다.

바로 그때였다.

'좋아, 걸렸다!'

회심의 미소와 함께 바로스가 허공으로 뛰었다.

투기검을 머리 위로 세우며 정신을 집중!

'끌어 올려…….'

마치 폭포가 역류하듯, 흩어져 있던 천사 주위의 오러 기류가 일제히 바로스에게로 회귀하기 시작했다.

그뿐만이 아니다.

광익의 천사가 발하고 있던 기운마저 함께 빨려 들어간다!

'내리꽂는다!'

거대한 빛 덩어리가 된 바로스의 투기검이 광익의 천사를 정확하게 베어 갔다.

─역천의 검, 거스르는 참격!

눈부신 폭발이 사방을 가득 뒤덮었다.

처음으로 천사의 입에서 노랫소리가 아니라 비명이 터져 나왔다.

아아아아악!

레번과 세라티가 멍하니 눈을 깜박였다.

'방금 내가 뭘 본 거지?'

'저게 가능해?'

뿌린 오러를 도로 거두더니, 거기에 이자를 붙여서 천사의 기운까지 쏙 빼먹었다. 그리고 그걸 모조리 융합해 가공할 파괴력으로 바꾼 것이다.

무왕의 아들로 태어나 드높은 경지를 옆에서 지켜봤던 레번조차도, 저런 게 가능할 거라고는 생각조차 해 본 적이 없었다.

[어떻게 한 겁니까? 아버지가 살아 계셨다 해도 그런 짓은

못 하셨을 것 같은데.]

호흡을 고르며 바로스가 옅은 웃음을 지었다.

[실제로 못 했을 겁니다. 내 오리지널 검술이니까요.]

다만, 오리지널이라곤 해도 바로스가 창시한 기술은 아니
었다.

'내 재주로 이런 기술을 만드는 건 무리지.'

⁂

사령왕 카르나크가 온 세상을 지배하고 데스 나이트 로드
바로스가 세계의 2인자로 군림하던 시절.

이미 라피셀을 제외한 3인의 무왕은 데스 나이트가 되어
바로스의 부하가 되어 있었다.

종종 심심풀이로 무왕들의 검술을 빼먹으며 시간을 때우
던 중이었다.

문득 바로스가 느낀 바가 있었다.

'어라? 이거 전혀 상관없는 사람들 기술인데 왜 도련님 수
법이랑 느낌이 비슷하지?'

말리칸 툰의 얼어붙은 참극.

드렐타인의 이그니스 이펙트.

레번 스트라우스의 전왕의 뇌성.

전부 속성 변화를 통해 위력을 발휘하는 오러 스킬들이었

다.

그런데 그 흐름 사이를 잘 살펴보니, 어째 카르나크의 사령술과 비슷한 느낌이 드는 것이다.

물론 어디까지나 느낌뿐이었다. 바로스의 짧은 가방끈으로 정확한 이론까지 파악하는 건 불가능했다.

하지만 상관없었다.

대신 해 줄 똑똑한 부하가 셋이나 있었거든.

무왕 3명 불러다가 일감을 툭 던져 주었다.

"이것들 느낌 비슷하니까, 잘 섞어서 뭔가 좀 만들어 봐요."

저따위로 주문해 놓고 제대로 된 결과물을 기대하다니, 참으로 사령왕의 심복다운 사악한 심성이라 하겠다.

강제로 일거리를 떠맡은 세 무왕은 한동안 골머리를 앓았다.

명령이 떨어졌으니 행해야 한다. 그런데 대체 뭘 원하는지조차 명확하지 않다.

셋에서 무려 3년을 머리 맞대고 낑낑대어, 간신히 기술 하나를 창안할 수 있었다.

과연 무왕 3명을 연구에 갈아 넣은 보람이 있었는지 결과물은 엄청났다.

적에게 오러를 흩뿌린 뒤, 그걸 도로 흡수하며 적의 위력까지 덧붙여 한 점으로 집중하는 초월적인 기술이 탄생한 것이다.

다만, 이 기술에는 아직 문제점이 남아 있었다.

"아직 미완성의 기술입니다."

"흐름상 적의 기운 일부를 흡수할 수 있다는 건 알겠습니다만……."

"어떻게 해야 그게 가능한지는 저희도 모르겠습니다."

말투는 정중했지만 요약하면 이런 의미였다.

우리 그동안 안 놀았다. 중간보고하는 거다.

바로스는 개의치 않았다.

"일단 줘 봐요."

결과물을 훑어보니, 과연 무왕들이 뭘 고민하는지 알 것 같았다.

물론 어디까지나 알 것 같을 뿐이었다. 해결책까지 떠올리기엔 그의 가방끈이 여전히 짧았다.

뭐, 이번에도 상관없었다.

대신 해 줄 똑똑한 상관이 1명 있거든.

"도련님, 도련님."

"어? 바로스? 왜?"

카르나크 찾아가서 슥 던져 주었다.

"여기까지 진도 빼고 막혔대요."

"뭔데, 이게?"

아스트라 슈나프가 된 뒤 심심해하긴 카르나크 역시 마찬가지였다. 오랜만에 소일거리 찾아 재미있게 매달렸다.

그렇게 또 1년이 지난 뒤 겨우 완성된 것이 이 역천의 검, 거스르는 참격이었다.

❄

이렇듯 바로스는 이 기술을 창안하는 데 눈곱만큼도 기여한 바가 없다.

아니, 초반에 감을 잡은 것은 사실이니 눈곱만큼만 기여했다고 해야 할까?

그럼에도 이는 틀림없이 그만의 오리지널 기술이었다.

바로스 말고는 아무도 이 검술을 못 쓰니까.

3명의 무왕은 흡수 쪽 이론을 모르는 채로 바로스에게 건네주었으니 완성된 검술 역시 모른다.

카르나크는 검술을 완성시켰지만 검사가 아니다. 마찬가지로 못 쓴다.

'거짓말은 안 했어, 거짓말은.'

폭연 사이를 바라보며 라피셀이 걱정스러운 듯 중얼거렸다.

"저래도 괜찮아요? 안에 밀리아 언니가 있는데……."

바로스가 시큰둥한 표정을 지었다.

"괜찮을 거야. 워낙 강하니까."

실은 그대로 그냥 실수한 척 다리 한 짝 정도는 잘라 버리려고 했는데 실패한 것이었다.

폭연 사이로 천사의 빛이 더욱 강해지는 것이 느껴진다.

검을 고쳐 쥐며 세라티가 한숨을 쉬었다.

"정말 피곤하네요."

레번도 비슷한 표정이었다.

"죽일 수도 없고 말이지."

전력을 다해 급소만 노린다면 오히려 수월하게 끝났을 텐데, 강제로 갑주에 깃든 힘만 날리려니 도저히 답이 안 나온다.

그렇다고 급소만 노리면 안에 있는 밀리아가 죽을지도 모르고.

그러던 중이었다.

드디어 기다리던 목소리가 들려왔다.

"다들 물러서!"

카르나크가 전신에 마력을 충만하게 채운 채 모두를 부른다.

다들 화색이 되어 뒤로 물러났다.

"카르나크 님!"

"드디어!"

"왜 이리 오래 걸렸어요?"

덕분에 카르나크와 천사 사이에 아무도 위치하지 않게 되었다.

카르나크를 노려보며 천사가 일직선으로 날아들었다.

아아아아아!

카르나크는 흔들리지 않았다.

날아드는 천사를 똑바로 응시하며, 양손의 검지를 들어 하나는 하늘, 하나는 땅을 가리킨다.

그리고 반전!

"역천의 뜻을 질서로 푸노라. 이는 정명한 세상의 의지이니!"

한 줄기 뇌격이 천사를 강타했다.

콰콰콰쾅!

놀라운 일이 벌어졌다.

모든 공격을 가뿐히 받아 냈던 천사가 이번엔 어이없이 제자리에 굳어 버린 것이다.

빛 속에서 천사의 모습이 변하기 시작했다.

빛의 갑주가 벗겨진다. 날개가 뜯어진다.

황금빛 선혈이 흐르고, 투구가 좌우로 찢겨져 소녀의 얼굴을 드러낸다.

밀리아로부터 광익의 천사가 강제로 벗겨지고 있었다.

세라티의 표정이 환해졌다.

[타락한 인간을 되돌리는 데 성공하셨군요!]

역시 카르나크란 인간이 생각하는 게 영 이상해서 그렇지,
일단 하고자 마음만 먹으면 능력은 충분…….

[아니, 실패했어.]

[……네?]

[불가능한 건 불가능한 거더라.]

틀림없이 카르나크는 깨달음을 얻었다.

한번 뒤섞인 우유와 홍차는 결코 완벽하게 분리될 수 없다
는 깨달음을.

[애당초 마음먹기에 따라서 세상이 움직일 리가 없잖아?]

레번이 멍하니 고개를 돌렸다.

어느새 절반 이상 천사의 모습이 사라진 밀리아가 보인다.

[그럼 저건 뭡니까?]

이미 뒤섞여 버린 밀크 티를 도로 우유와 홍차로 분리하려
면 어떻게 해야 할까?

가장 쉬운 방법은 빙빙 돌려서 원심력으로 분리하는 것이
다.

이 정도의 간단한 물리 현상은 마법사들도 다들 알고 있
다.

하지만 저 방식은 엄밀히 말해서 홍차와 우유로 분리하는
게 아니다.

홍차 성분과 수분, 유지방 등으로 분리하는 행위이지.

저기서 우유 부분만 따로 긁어모아 도로 섞은 뒤 되돌렸다고 주장하는 것뿐이다.

[사람한테는 그런 짓 못 하지.]

인간으로 치면 뼈와 살과 피를 각자 분리했다가 도로 조립한다는 소리가 되는데, 세상은 그런 걸 사령술이라고 부른다.

게다가 도로 섞은 결과물이 과연 원상태의 우유라 할 수 있나?

그렇진 않다. 순도에서 문제가 생긴다.

사령술로 되살린 인간들이 육체적, 정신적으로 하자가 생기는 이유가 바로 이것이다.

밀리아를 구한다는 것은 완벽하게 섞인 우유와 홍차의 시간을 역순으로 되돌리는 행위나 마찬가지.

사령왕이었던 카르나크였기에 확신할 수 있었다.

이는 불가능한 일이다, 적어도 지금의 그에게는.

[그럼 저건 어떻게 하신 건데요?]

세라티는 의아해했다.

카르나크는 실패했다고 하는데, 눈앞의 밀리아는 확실하게 인간의 모습으로 돌아오고 있었다.

[분명히 한번 섞여 버린 홍차와 우유는 도로 분리할 수 없지.]

카르나크가 어깨를 으쓱거렸다.

[그런데, 꼭 분리해야만 하는 건 아니잖아?]

모두가 '밀크 티'를 '우유'라고만 알고 있다면 결과는 마찬가지가 아닌가?

[그래서 깃들어 있던 권능은 몽땅 날려 버리고 외모만 인간 형태로 바꿨어.]

말하자면, 밀크 티를 분리하는 게 아니라 그냥 우유 통에 담고 뚜껑 꽉 닫아 버린 셈이었다.

그리고 주장하는 것이다.

─이거 우유임. 누가 뭐래도 우유임.

이렇게 하면 뚜껑 열고 확인해 보기 전까진, 다른 사람들에게도 저건 그냥 '우유'다.

[그, 그래도 돼요?]

[달리 방법이 없잖아.]

물론 뚜껑이 열리면 진실도 들통난다. 그러니 후속 조치가 필요하다.

[나중에 시간 내서 밀봉 작업 따로 해야지.]

옆에서 함께 듣고 있던 레번이 인상을 썼다.

그러니까 말인즉슨……

[겉모습만 인간일 뿐 실제로는 반인반마 상태라는 겁니까?]

[에이, 그렇게 멋있는 건 아니고.]

반인반마를 멋있다고 여기는 걸 보면 과연 카르나크가 사령술사이긴 한 것 같았다.

[그냥 영혼이 오염된 채 썩어 가고 있는 상태지.]

[어쨌든 달라진 게 없단 소리잖아요!]

[왜 달라진 게 없어? 라피셀을 속일 수 있잖아.]

실제로 라피셀은 눈물까지 글썽이며 달려가고 있었다.

"밀리아 언니!"

쓰러진 밀리아를 부축해 호흡을 살핀다.

무사히 숨을 쉬고 있는 게 확인되었다. 심지어 딱히 부상을 입은 것 같지도 않았다.

과연 왕년의 사령왕답게, 저 예리한 라피셀의 감각을 속일 정도로 카르나크의 인체 조형술은 극의에 도달해 있었다.

완전히 속은 라피셀이 감동하며 말했다.

"감사합니다, 카르나크 님!"

부드럽게 웃으며 카르나크가 고개를 저었다.

"감사는 무슨. 내 동료이기도 하잖니. 해야 할 일을 한 것뿐이야."

확실히 감격하는 건 그녀뿐이었다.

어째 다른 이들은 저런 기적을 보고도 반응이 시큰둥하다. 전혀 놀란 표정들이 아니었다.

그래서 라피셀은 반성했다.

'나만 카르나크 님을 믿지 못하고 있었구나!'

세라티가 눈을 흘기며 물었다.

[일단 넘어가긴 한 것 같네요. 그래서 이제 어쩌죠?]

[어쩌긴?]

카르나크의 시선이 하버트에게로 향했다.

[저놈 처리할 차례지.]

⁂

하버트는 부들부들 떨었다.

"이, 이럴 수가……."

눈앞의 광경을 믿을 수가 없었다.

이미 제물이 된 자가, 이미 마(魔)에 빠진 자가 원래대로 돌아오다니?

'있을 수 없는 일이거늘…….'

하지만 눈앞에서 틀림없이 벌어진 일을 부인할 수도 없었다.

모든 것을 잃었다. 부하도, 계획도.

이제 그에게 남은 길은 하나뿐이었다.

마지막 사령력을 끌어 올리며 최후의 기도를 올린다.

"테스라낙이시여! 당신 곁으로 향하겠나이다!"

하버트의 전신 혈관이 부풀어 올랐다.

사령술, 피의 폭발을 시전해 자살하려는 속셈이었다.

바로스가 곧바로 오러 칼날을 날렸다.

'그럴 줄 알았지.'

궁지에 몰린 사교도들이 자살해 대는 걸 한두 번 본 게 아니었다.

그리고 요샌 테스라낙이 이상한 술법을 사교도들에게 퍼뜨려서, 예전처럼 죽여도 카르나크가 확실하게 영혼을 수거하리라는 보장이 없었다.

현 상황에선 살려서 심문하는 쪽이 여러모로 유리하다.

다만, 피 폭발을 이용한 자살이니 턱이나 경추를 때려 기절시켜 봐야 소용없다.

제일 쉽고 빠른 길은 터지기 전에 피를 뽑아내는 것.

'자살 못 하게 팔 하나 정도만 잘라 놔야겠다.'

문제는 이 생각을 바로스 혼자만 한 게 아니란 부분이었다.

세라티도, 레번도, 라피셀도 모두 똑같은 생각을 하고 있었다.

'어?'

'또 죽으려고 하네?'

'말려야지.'

심지어 해법도 같았다.

'사지 하나 잘라서.'

순식간에 네 줄기 오러가 하버트에게 향했다.

여기서 그의 불운이 터졌는데, 하필이면 노린 부위가 저마다 달랐다는 점이다.

단숨에 하버트의 두 팔과 양다리가 동강 나 허공에 나부꼈다.

"크아아아악!"

그 모습에 카르나크가 기겁하며 중얼거렸다.

"우와, 아무리 사교도라지만 이건 좀 너무한 거 아니냐?"

천하의 카르나크에게 이런 소릴 들을 정도면 정말 너무한 게 맞다.

실제로 다들 당황해 서로를 바라보고 있었다.

"아니, 왜……."

"제가 말리려고 했는데……."

"다들 이런 거 어색해했으니까 제가 하려고……."

"그냥 제가 제일 가까워서……."

오체분시된 중년 사내가 끓는 피를 사방에 뿌리며 끔찍한 비명을 터트린다.

"아악! 아아악!"

혀를 차며 카르나크가 하버트에게 다가갔다.

지은 죄가 없는 건 아닌데, 그래도 지은 죄에 비해 너무 과도한 대가를 치른 게 아닌가 싶은 광경이었다.

"어휴, 일단 지혈부터 하자."

냉기 마법으로 절단된 사지 부위를 얼려 피를 멎게 만들었다.

극심한 고통 탓인지 하버트는 이내 혼절했다.

"어쨌든 이놈도 무사히 잡았네, 무사히라고 해도 될지는 모르겠지만."

상태가 워낙 안 좋으니 지금 당장 바늘 꽂고 심문할 순 없을 것 같다.

나중으로 미루고, 카르나크가 밀리아를 돌아보았다.

"난 그럼 잠시 애 데리고 동굴 들어갔다 나올게."

사법의 대속자로 어둠을 마저 걷어 내야 하니 의식에 방해되지 않게 아무도 들어오지 말라며 카르나크가 엄포를 놓았다.

뭐, 엄밀히 말하면 들어와선 안 될 인간은 1명뿐이다.

그 1명이 걱정스러운 얼굴로 고개를 끄덕였다.

"……네."

그렇게 카르나크는 밀리아를 염동 마법으로 안아 들고 동굴 안으로 들어갔다.

잠시 후 동굴 안쪽에서 사기와 탁기가 희미하게 흘러나오기 시작했다.

라피셀이 신기한 듯 중얼거렸다.

"사법의 중개자를 구사하시는 카르나크 님은 꼭 사령술사 같단 말이야."

그러자 그녀를 바라보며 불안한 듯 시선을 교차하는 세 사람이었다.

　[꼬리가 너무 긴데요.]

　[슬슬 들킬 것 같은데요.]

　[솔직히 여태 안 들킨 게 더 신기하지 않나요, 이거?]

＊＊＊

　차음 마법 결계가 펼쳐진 어두운 동굴 안.

　카르나크는 밀리아를 땅에 내려놓았다.

　잠시 후 그녀가 서서히 눈을 떴다.

　힘겹게 몸을 일으켜 앉는다. 그리고 주위를 둘러보며 멍한 표정을 짓는다.

　"……카르……나크 대장님……."

　"정신을 차렸나?"

　무심한 카르나크의 질문에 밀리아가 작게 대꾸했다.

　"네."

　질문이 이어졌다.

　"기억은 하고 있고?"

　"어느 정도는요."

　"그럼 무슨 일이 일어난 건지도 알아?"

　"역시나, 어느 정도는요."

광익의 천사 상태에서 그녀의 의식이 완전히 잠든 것은 아니었다.

　어느 정도 외부 상황에 대한 인식은 하고 있었다.

　마치 꿈을 꾸는 것처럼 몽롱한 상태이긴 했지만.

　차분히 카르나크를 올려다보며 그녀가 중얼거렸다.

　"사령술사……셨군요?"

　카르나크가 쓴웃음을 지었다.

　"하긴, 이 정도로 대놓고 써 댔는데 명색이 성직자가 그걸 눈치 못 챌 리는 없겠지."

　알리우스 때와 비슷하다.

　근거리에서, 직접적으로 사령술을 접하게 되면 성직자인 이상 진위를 파악할 수밖에 없다.

　하지만 의외로 밀리아는 분노 혹은 당황의 표정을 보이지 않았다.

　사령술사를 앞에 두고도 너무 태연하다. 성직자, 그것도 심문관다운 태도는 아니다.

　그럴 이유가 있었다.

　천사 상태에서도 의식이 남아 있던 그녀였다. 이미 경악도 분노도 당황도 끝내 버린 후인 것이다.

　모든 것을 체념한 다음에야 겨우 깨어난 것이니, 딱히 더 날뛸 이유가 없지.

　"신기하네요, 마법사이시면서 사령술사라니."

무심하다기보다는 전부 포기한 듯한 어조로 그녀가 물었다.

"그래도 사교도는 아니신 거죠?"

"그래."

"다행이네요. 사교도 손에 죽는 건 싫거든요."

밀리아는 눈을 감았다.

심문관이기에 알 수 있었다.

이미 자신의 영혼은 오염되었다. 당장은 카르나크의 비술로 인해 인간 형태를 유지하고 있지만, 결코 오래갈 수 없다.

"그래도 이왕이면 고통 없이 죽여 주셨으면 하는 바람은 있군요."

"죽고 싶은 건가?"

"죽고 싶을 리가 있겠어요?"

작은 소녀가 처연하게 웃는다.

"달리 남은 방법이 없을 뿐이죠."

이제 그녀에게 남은 길은 둘뿐이다.

인간으로 죽든가, 마물로 살든가.

인간으로 산다는 선택지 따윈 없다.

"맞아, 선택지가 그것뿐이긴 하지."

카르나크도 긍정했다.

"하지만 그 선택지 중 후자를 살짝 변화시킬 수는 있다."

"네?"

"인간인 척하는 마물로 살아가는 건 가능하단 소리야. 사실 엄밀히 말하면 너, 아직 인간이긴 하거든."

정확히는 인간인 부위가 좀 더 많이 남아 있다.

"한 70% 정도는 여전히 인간이지."

당연히 밀리아는 기뻐하지 않았다.

이미 삼분지 일은 인간이 아니라는데 기뻐할 리가 있나.

단지 카르나크의 의도를 모르겠다.

"……무슨 말씀을 하고 싶으신 건가요?"

"인간으로 되돌리진 못해도, 지금 상태로 계속 유지는 시켜 줄 수 있다는 거다."

아까도 말했지만, 현재의 밀리아는 뚜껑을 대충 닫아 놓은 우유 통 상태다.

격하게 흔들면 뚜껑 터진다. 밖에서 힘줘서 돌려도 벌컥 열린다.

반대로 말하면, 뚜껑만 확실하게 밀봉하면 인간의 형태는 꾸준히 유지할 수 있다는 것이다.

순간 밀리아의 눈동자에 빛이 돌아왔다.

'나, 혹시 죽지 않아도 돼?'

하지만 금방 표정을 굳혔다.

"……라티엘 님을 저버릴 바엔 그분의 천국으로 향하는 길을 택하겠어요."

카르나크가 실소를 흘렸다.

"여신을 저버리라고는 안 했는데? 신성 주문은 여전히 쓸 수 있어, 너."

애초에 신성술 못 쓰는 밀리아는 쓸모가 없다.

카르나크 자신을 위해서도 오히려 그 능력은 반드시 유지 시켜 줘야 한다.

"그, 그게 가능한가요?"

"사령술을 쓰면."

밀리아를 바라보며 카르나크는 차분하게 입을 열었다.

"난 마법사이기 전에 사령술사였다. 그래서 네 영혼을 치유하는 방법도 하나밖에 몰라."

"그, 그런……."

밀리아의 안색이 창백해졌다.

사령술사를 전문적으로 상대하는 심문관답게, 상대가 무슨 짓을 하려는지 짐작을 한 것이다.

과연 카르나크가 몸을 일으키며 차가운 눈으로 그녀를 내려다보았다.

"라티엘의 종, 밀리아 테스티아드."

섬뜩한 목소리가 밀리아의 영혼을 흔들기 시작했다.

"나의 권속이 되어라. 그러면 인간의 삶을 돌려주마."

대마법사를 찾아서

카르나크와 밀리아가 다시 동굴 밖으로 나왔다.

멀쩡히 걸어 나오는 그녀를 본 라피셀이 반색을 하며 뛰어 갔다.

"언니!"

그리고 걱정스러운 기색을 숨기지 못한 채 밀리아의 전신을 요리조리 살핀다.

"몸은? 몸은 괜찮으세요?"

"으, 으응······."

말끝을 흐리며, 밀리아는 라피셀의 시선을 피했다.

옆에서 카르나크가 전언으로 핀잔을 던졌다.

[표정 관리하라고 했잖아.]

[하, 하지만…….]

실은 전혀 괜찮지 않은 것이다.

겉보기에만 인간 형태일 뿐 여전히 어둠에 오염된 상태다. 게다가 이젠 사악한 사령술사의 권속마저 되지 않았던가?

찔리는 것이 많으니 차마 일행을 똑바로 볼 수 없었다.

다행히 라피셀은 그런 밀리아의 태도를 수상하게 여기지 않았다.

방금 전까지 광익의 천사 상태로 동료 죽이려고 날뛴 소녀가 눈빛이 형형하고 보무가 당당하면 그게 더 이상한 것 아닐까?

연신 눈치를 보는 지금 모습이 오히려 자연스럽다.

라피셀이 밀리아를 달랬다.

"언니 잘못이 아니에요. 사교도 놈들에게 조종당한 것뿐이잖아요!"

"그렇지만……."

"그리고 모두 무사하잖아요. 아무도 다치지 않았어요."

밀리아는 내심 한숨을 쉬었다.

그야, 죄책감의 원인이 저게 아니니 그럴 만했다.

'하지만 지금부턴 동료들을 속이며 살아가야 하겠지.'

문득 걱정이 되어 다른 이들을 돌아보았다.

[라피셀은 그렇다 치고, 세라티 경을 속일 수 있을까요?]

세라티는 라피셀과 달리 어른이고 눈치도 빠르다. 솔직히 지속적으로 속일 자신이 없다.

　그렇게 밀리아가 걱정하고 있을 때였다.

　[전 괜찮아요, 밀리아 양.]

　[엥? 세라티 경?]

　밀리아는 순간 당황했다.

　이 비밀 전언은 분명 '카르나크와 그의 권속들'끼리만 연결된 은밀한 마법이라 하지 않았던가?

　그런데 세라티가 여기 끼어 있다는 의미는…….

　[혹시 세라티 경도 권속이에요?]

　[나름 고참이야, 쟤.]

　카르나크의 대답에 세라티는 우울해졌고, 밀리아는 안도했다.

　그럼 이제 남은 건 바로스와 레번뿐.

　[다행이네요. 저 둘은 둔해서 그리 어렵지 않…….]

　무심코 중얼거리는데 또 목소리가 끼어들었다.

　[누가 둔하다고요?]

　[너무하네, 밀리아 양. 우릴 그렇게 봤나?]

　'니들도냐!'

　어이가 없어 밀리아가 혀를 찼다.

　[두 사람도 권속이었어요?]

　카르나크와 바로스가 차례로 대꾸했다.

　[엄밀히 말하면 레번만 권속이고, 바로스는 아니야.]

[예전엔 권속이었죠.]

그러니까, 애초에 라피셀 빼곤 전부 한통속이었다는 소리가 된다.

'세상에!'

의외였다.

다들 오러를 구사하는 데 전혀 문제가 없었고, 인성 역시 어둠에 물들거나 사악해 보이지 않았다.

그런데도 카르나크의 권속이었다고?

'역시 카르나크 님 말씀대로인가?'

권속이 되란 소릴 들었을 때만 해도 밀리아는 결코 받아들일 생각이 없었다.

성직에 종사하는 몸으로, 어찌 여신을 버리고 어둠의 주구가 될 수 있겠는가?

하지만 카르나크의 논리는 조금 달랐다.

─너, 신성술 그대로 쓸 수 있다니까?

─여신을 저버리는 게 아니란 건가요?

─킹스 오더 밑에서 일하면 7여신교를 저버리는 거냐?

─하지만 신관 된 몸으로 사령술사의 수하가 될 수는…….

─넌 원래부터 내 부하였는데?

어차피 밀리아는 여전히 성직자다. 그저 남몰래 비밀 직업

이 하나 더 생겼을 뿐.

─권속화는 수단일 뿐이야. 네 영혼을 파악해야 인간 형태로 계속 유지시킬 수 있으니까. 그 외엔 평소랑 다를 거 없어.

말이 되는 것 같기도 하고, 아닌 것 같기도 하다.
아니, 솔직히 말하면 그냥 말이 된다고 믿고 싶었다.
그래야 살 수 있거든.
결국 권속화를 받아들이고 한껏 얼어 있었는데, 알고 보니 다들 같은 처지였다니?
밀리아의 안색이 살짝 밝아졌다.
'나, 정말 아무 문제 없을지도……'

⁂

밀리아 문제가 해결(?)되었으니 다음 문제로 시선을 옮긴다.
주위에 즐비한 사교도들의 시신을 바라보며 세라티가 물었다.
"이들은 어쩌죠?"
평소라면 고민할 필요도 없었다.

그냥 인근 여신교단에 연락해 사교도 잡았으니 뒤처리하라고 하면 끝이니까.

마침 인근의 사이샤 교단이랑 안면 튼 사이이기도 하다. 또 그쪽에 공을 돌려주면 다들 기뻐하며 달려와서 열심히 수습해 줄 것이다.

"그런데 지금은 그렇게 하기 곤란하잖아요."

비밀리에 제국으로 숨어들어 온 입장이었다. 그런데 여기서 사이샤 교단과 접촉하면 필연적으로 카르나크의 정체가 드러난다.

자신의 영역에 카르나크가 들어왔다는 사실이 엘레자르나 드렐타인에게 알려진다면?

"결코 우리에게 유리한 상황은 아닐 것 같거든요?"

세라티의 말에 바로스가 어깨를 으쓱였다.

"그럼 이대로 내버려 두고 잠적해 버리죠, 뭐."

사고 치고 야반도주하는 건 그와 카르나크의 오랜 습관이었다.

레번이 고개를 저었다.

"그 또한 수상해 보이긴 마찬가지일 겁니다."

다들 서둘러 밀리아를 구하기 위해 손을 독하게 쓴 면이 없지 않았다.

라피셀 정도만 '자비롭게' 팔다리 하나 자른 걸로 끝냈지, 다른 이들은 가차 없이 사교도들을 죽였다.

그렇다 보니 지금 이 일대는 사방이 시산혈해다.

"이대로 우리가 말없이 사라지면 이 남은 흔적은 과연 어떻게 보일까요?"

여신교에 제대로 알린 후라면 사교도를 물리친 성전의 흔적이지만, 말없이 사라지면 심야의 야산에서 벌어진 끔찍한 대량 학살인 것이다.

물론 성직자들이라면 이들이 사교도란 건 바로 간파해 낼 테니 일행을 살인마 취급하진 않겠지.

"하지만 반대로 이야기하면, 사교도를 해치우고도 포상도 원치 않고 말없이 사라진 셈이죠. 다른 의미로 의심을 사게 될 겁니다."

"그렇겠네요……."

다들 난처해하며 서로를 바라볼 때였다.

"고민할 필요 없어."

카르나크가 명확하게 답을 내렸다.

"사이샤 신전에 알릴 거니까."

바로스가 눈을 깜빡였다.

"우리 정보가 저쪽에 넘어가는 건 상관없고요?"

"그거?"

카르나크가 피식 웃었다.

"우리가 무슨 짓을 하건 어차피 들통난 거나 다름없거든."

다들 생각을 미처 못 한 모양인데, 하버트와 그 수하 사령술사들은 결코 평범한 사교도들이 아니었다.

사령술사 중에서도 초특급, 무려 광익의 천사를 소환해 낼 정도로 강력한 이들이다.

"그게 진짜 광익의 천사인지 어떤지는 일단 차치하고서라도 말이지."

어쨌거나 굉장히 강력한 존재인 것만은 틀림없는 것이다.

이들이 소환한 천사는 어지간한 실버 나이트 이상의 전력이 있어야 상대할 수 있고, 그 정도 강자는 대륙 내에서도 정말 얼마 없다.

"아니, 그런데 세상에! 때마침 그렌탈 영지에 알타스 상단이 도착한 다음 날 애들이 몰살당했네?"

과장되게 말하며 카르나크가 빙그레 웃었다.

"그 알타스 상단이 누구 거더라?"

다들 뒤통수라도 맞은 표정을 지었다.

"어······."

"그렇군요······."

"바로 우리가 특정되어 버리네요."

사이샤 교단에 연락을 하건 말건, 하버트 일행이 몰살당한 시점에서 이미 들통은 났다.

여기서 카르나크가 취할 수 있는 선택지는 하나뿐이었다.

"상행은 스톱이다."

이대로 알타스 상단은 유스틸 왕국으로 귀환시킨다. 자신들 역시 '대외적'으로는 상단을 따라 돌아간다.

금전적 손해가 꽤 있겠지만 어쩔 수 없다.

아마 상단의 다른 이들도, 곧 사교도들의 습격이 예정되어 있다고 하면 반발은 못 할 것이다.

"그다음에 우리만 몸 숨기고 몰래 이동하는 수밖에."

충분히 합리적인 결론이었다.

다들 납득하며 고개를 끄덕였다.

아쉬워하며 바로스와 세라티가 한숨을 내쉬었다.

"그럼 편하게 이동하는 건 끝입니까?"

"남들이 잡일 대신해 주는 거 좋았는데."

편하게 움직이려고 온갖 사전 작업을 다 해 놓았는데, 고작 그렌탈 영지까지밖에 서비스(?)를 즐기지 못했다.

"할 수 없지. 이놈들이 정말 있을 줄 알았나, 뭐."

투덜대며 카르나크는 기절한 하버트에게로 시선을 돌렸다.

사이샤 신전에 이들을 넘기기로 결정했으니, 그 전에 최대한 정보를 뽑아내 줘야 한다.

"일단 마을로 데리고 가?"

밀리아가 눈을 깜빡였다.

"이대로 들고 가시려고요?"

"모양새가 좀 그런가?"

"아무래도 좋지는 않죠."

팔 혹은 다리 하나 없는 인간을 끌고 이동하면 평범한 사교도 체포 광경이지만, 사지가 전부 날아간 인간을 짊어지고 돌아다니면 인간 도살자다.

"그러게 적당히 좀 자르지 그랬어?"

아무래도 여기서 바로 심문을 할 수밖에 없을 듯했다. 그렇다면 결계를 제대로 펼칠 수 있는 장소가 필요하다.

카르나크는 동굴을 노려보았다. 역시 저만한 장소가 없었다.

"잠깐 심문 좀 하고 올게. 망보고들 있어."

　　　　　　　　　　　　※

서늘한 냉기가 의식을 깨운다.

하버트는 눈을 떴다. 그리고 이내 극심한 고통에 비명을 터트렸다.

"아아아악!"

육체의 고통 못지않게 눈앞의 현실에 대한 공포가 너무 크다.

'내 팔이! 내 다리가!'

그런 그의 눈에, 악마보다 더 흉악한 눈동자가 비쳤다.

"미안하군. 대신 고통 없이 죽여 줄 테니까……."

무서웠다.

너무 무서웠다.

비명을 내지르며, 하버트는 도망치기 위해 팔다리를 허우적댔다.

물론 어느 곳으로도 갈 수 없었다. 그에겐 이미 팔다리가 없었으니까.

"으아아아아악!"

그 모습을 내려다보며 카르나크가 입을 삐죽였다.

"아니, 대체 왜 이렇게 무서워하는 거야?"

그 딴에는 정말 미안해서 건넨 제안이었다.

어차피 죽을 목숨인데 고통 없이 죽여 준다니, 이 얼마나 자비로운 처사란 말인가?

물론 평범한 인간이라면 무서워하는 것도 이해가 간다.

하지만 하버트는 사교도다.

"원래 자살하려고 했잖아? 그래 놓고 왜 죽여 준다니까 벌벌 떠는데?"

혀를 내두르며 그는 오른손을 들었다.

"일단 대화할 분위기부터 만들어야겠다."

굵직한 마법의 바늘이 하버트의 정수리에 푹 꽂혔다.

"……."

순식간에 중년 사내의 얼굴에 평온이 감돌았다. 시끄럽던 동굴 내부도 조용해졌다.

준비를 마친 카르나크가 질문을 던졌다.

일단 제일 먼저, 제일 궁금한 것부터.

"대체 무슨 수로 광익의 천사를 불렀지?"

이미 심상을 완벽하게 제압당한 하버트였다. 곧바로 대답이 돌아왔다.

"부른 적 없습니다."

쓸모없는 대답이라서 문제지만.

"무슨 소리야? 그럼 아까 네가 소환한 건 뭔데?"

"죽음의 천사입니다."

"아, 이거 그냥 단답형이지, 참."

아무래도 질문을 잘 던져야 할 것 같다.

"그럼 죽음의 천사를 어떻게 컨트롤한 거지?"

원래 광익의 천사는 카르나크조차도 컨트롤이 되지 않았다. 그래서 일부러 스스로의 몸에 강신시키는 수법을 써야 했다.

반면 하버트의 수법은 달랐다.

"어떻게 외부 소환체를 그렇게 의지대로 조종할 수 있었나?"

여전히 그의 대답은 쓸모가 없었다.

"테스라낙의 권능입니다."

"아니, 그러니까 그 테스라낙의 권능이 뭐냐고."

"죽음의 신이 내린 은총을 신도가 발휘하는 힘입니다."

"아오, 누가 그런 거 물어봤냐? 대체 저 술식의 약점을 어떻게 지웠냐니까!"

"죽음의 신이 내린 권능에 약점은 없습니다."

"……."

뭐랄까, 몰라서 대답하지 못하는 것과는 개념이 다르다.

지나치게 광신도라서, 무슨 질문을 던져도 멋대로 왜곡해 버린다.

"에잉, 됐다."

차라리 직접 술식을 확인해서 파악하는 게 빠를 것 같다.

"그냥 죽음의 천사 소환 의식을 처음부터 차례로 전부 읊어."

명확한 명령인 만큼, 이번엔 명확한 대답이 돌아왔다.

"알겠습니다."

제일 궁금한 부분부터 확인하기로 했다.

"어떻게 광익의 천사를 외부에서 컨트롤한 거지?"

왕년의 사령왕도 못하는 걸 고작 하버트 같은 놈이 해낼 수 있었던 이유.

"대체 무슨 수를 썼기에?"

술식을 열심히 앞뒤로 살펴보니 조금씩 해답이 보이기 시작했다.

동시에 카르나크의 표정에도 조금씩 실망이 떠올랐다.

"뭐야, 그냥 이런 거였어?"

해답은 의외로 시시했다.

"조종을 한 게 아니었구만."

분명 광익의 천사, 그리고 그 원조 술법 격인 혼돈의 마왕은 원격조종이 불가능하다.

그래서 본인의 육체가 아닌 타인을 촉매 삼아 소환해 버리면 전혀 제어가 되지 않고 날뛰게 된다.

반대로 말하면, 그냥 내버려 두어도 자기가 알아서 마음껏 파괴 행위를 한다는 소리도 되는 것이다.

"애초에 컨트롤할 생각은 내다 버렸구나."

대신 다른 술식이 첨가되어 있었다.

광익의 천사, 또는 혼돈의 마왕이 멋대로 날뛸 경우 제일 큰 문제는 피아를 식별하지 못한다는 점이다.

자기가 불러 놓고 자기가 맞아 죽으면 그 무슨 멍청한 짓인가?

그래서 테스라낙이 수정한 이 술식은 소환체의 인식 부분에 관여하고 있었다.

소환자 자신만큼은 광익의 천사의 인식에서 벗어나게 되는 것이다.

아예 보이질 않으면 당연히 적으로 인식하지도 않겠지.

"이 인간……."

황당해하며 카르나크는 넋 나간 하버트를 내려다보았다.

"실제로는 아무 짓도 안 하고 있었네?"

우리의 적을 내치라느니 멸하라느니, 열심히 외치긴 했지만 실제로는 천사가 알아서 날뛴 것일 뿐.

"어쩐지 이놈 외침이랑 천사 동작 사이에 묘하게 괴리감이 있더라니."

그래도 연기력 자체는 훌륭했다.

덕분에 카르나크 일행도 깔끔히 속아 넘어갔지.

아니, 하버트 본인은 진짜 자신이 조종하고 있는 줄 알았으니 연기라 할 수도 없으려나?

"하여튼 이런 식이라면 큰 쓸모는 없겠군."

진실을 파악한 카르나크는 실망한 표정을 지었다.

이 술식으로는 오직 소환자 1명만 천사의 인식에서 벗어나게 된다.

즉, 다른 동료들은 여전히 천사의 공격 대상인 것이다.

주위에 지켜야 할 이들이 아무도 없고 오직 카르나크 혼자일 때만 쓸 수 있는 수법이다.

솔직히 이 경우라면 굳이 광익의 천사가 아니더라도 써먹을 수단은 많다.

아쉬운 마음에 인식 부조화 대상을 아군 전체로 만들 수 없나 싶어 좀 더 살펴보기도 했지만, 애초에 그런 식으로 운용되는 개념은 아니었다.

게다가 보다 큰 문제가 있었다.

"어쩐지 영 약하더라니."

아무리 자율적으로 전투를 벌이는 광익의 천사라도 상황

에 따른 대략적인 지시는 내려야 한다. 그래야 전투 시에 제 실력을 발휘할 수 있다.

"실제론 조종하는 게 아니었으니 당연히 제대로 싸우지도 못했겠지."

세라티 노리다가 바로스 노리다가 하는 식으로 중구난방 식 공격을 계속해 대서 좀 이상하다 싶긴 했다.

'뭐, 약한 이유가 그것만은 아니겠지만.'

카르나크와 밀리아의 육체 능력 차이가 반영된 이유도 있었다.

광익의 천사는 깃들인 육체의 피지컬에도 영향을 받는다.

그리고 아무리 카르나크가 성인 남성치고 부실하다고 해도 10대 소녀와 비교될 정도는 아니다. (뭐, 예전엔 비교될 정도였는데 요샌 운동 많이 했으니까.)

이 격차가 광익의 천사에도 그대로 반영된 것이다.

어쨌거나, 꽤나 기대를 하고 술식을 살펴본 입장에선 실망스러운 결과였다.

카르나크가 시큰둥하게 뇌까렸다.

"그나마 건진 거라곤 무왕 갤러드의 행방 정도인가?"

이 광익의 천사는 틀림없이 카르나크의 마령술을 바탕으로 한 것이었다. 테스라낙이 자체적으로 혼돈의 마왕을 개조해 창조한 술법이 아니라.

확실한 증거가 있었다.

술식 자체가 무왕 갤러드를 이미지 삼아 펼쳐지는 방식이었던 것이다.

스트라우스 성채에서 카르나크가 펼친 그 술식 그대로여야 이런 결과가 나올 수 있다.

'이걸로 갤러드의 영혼이 테스라낙에게 넘어간 건 확실해졌군.'

이걸 확인했다 해서 딱히 유리해질 건 없겠지만, 적에 대한 정보는 하나라도 많을수록 좋다.

카르나크는 계속 술식 구조를 살폈다.

궁금한 점은 대충 해결되었다. 이제 남은 건 무슨 수로 광익의 천사를 불렀냐는 것 정도였다.

하버트나 다른 사령술사들이 제법 수준이 있긴 했지만, 그래도 감히 광익의 천사를 소환할 정도는 절대 아니었다.

"뭐, 별로 큰 기대는 안 되긴 하지만……."

또 무슨 야바위를 쳤나 싶어 찬찬히 술식을 훑어갈 때였다.

카르나크의 표정이 살짝 굳었다.

"……어? 이건 정말 대단한데?"

＊

테스라낙의 술식은 사령술 관련으론 전혀 배울 게 없었다.

그냥 카르나크가 할 법한 짓을 그대로 해 놓았을 뿐이다.

딱히 수준이 높지도 않았고, 얼핏 허술한 면도 간간이 보였다.

하지만 마법 쪽은 전혀 이야기가 달랐다.

'그렇군, 내 마령술을 가져가서 수정한 것이니까 마법 쪽 술식도 있겠지.'

이건 진짜 오묘하다.

솔직히 한 번에 알아보기 힘들 정도다. 테스라낙의 마법은 카르나크보다 월등히 수준이 높았던 것이다.

'하긴, 난 아직 고작 8서클짜리 마법사니까.'

게다가, 감히 카르나크가 따라잡을 수 없는 분야도 있었다.

'신성술도 관여되어 있었나.'

술식 자체는 마법 쪽이지만 그 술식으로 조종하는 기운은 신성력이었다.

이런 식으로 사령술과 마법, 신성술을 모두 융합하고 있었다.

'그래서 희생제 의식만으로 이 정도 힘을 끌어낼 수 있었군.'

광익의 천사를 부르기 위해 무려 다섯이나 되는 강력한 사령술사들이 제 목숨을 바쳐야 했다. 그것도 자발적으로.

하지만 이를 감안해도 이 정도 권능이 나오는 건 계산이 맞지 않는 것이다.

스스로를 희생하는 방식이 제물을 바치는 일반적인 의식보다야 훨씬 강력하지만, 여전히 광익의 천사를 부를 수 있을 정도는 아니니까.

하지만 신성술이 관여되면 이야기가 달라진다.

스스로를 희생하는 새크리파이스 계열은 단연 신성술이 최강이다.

'사령술의 희생제를 마법을 이용해 변환, 신성한 의식으로 바꿔서 조건을 맞췄다 이거지······.'

이미지로 삼을 천사의 모티브는 테스라낙으로부터 직접 전달받고, 부족한 권능은 희생제를 통해 메운다.

충분히 논리적이었다. 앞뒤가 맞았다.

'이런 식이면 나도 광익의 천사를 실전에 쓸 수 있겠는데?'

흥분한 카르나크는 계속 술식을 살폈다.

잘하면 이젠 고생해서 육망성을 실시간으로 그리지 않아도 광익의 천사를 소환해 걸칠 수 있을 것 같았다.

하지만 좀 더 들여다보니 생각만큼 만만치가 않았다.

'이런, 신성술 쪽이 전혀 이해가 안 되네.'

사령술의 극의에 도달한 카르나크였다. 마법 역시 경지에 올랐다.

하지만 신성 주문 쪽은 전혀 모르는 것이다.

정확히는 모른다가 아니라, 느끼지 못한다 쪽이지만.

물론 성직자가 발하는 신성력은 예민하게 느낄 수 있다. 하지만 그건 성직자에 의해 외부로 발산된, 이미 한차례 변화한 성광이지 신성력의 본질은 아니다.

'마법 쪽 술식을 통해서 간접적으로 파악하는 수밖에 없나, 이건.'

오랜 시간 고심해서 파고들어야 할 부분이었다. 당장은 어쩔 방법이 없었다.

'시간 나는 대로 차분히 연구해 봐야겠군.'

하여튼 큰 도움이 된 것만은 틀림없다.

"엉뚱한 데서 기대치 않은 성과를 건졌네, 거참."

추가로, 왜 굳이 혼돈의 마왕이 아닌 광익의 천사를 쓴 건지도 알아보려 했다. 그러나 아쉽게도 이것만큼은 아무리 술식을 뒤지고 하버트를 심문해도 소용없었다.

"하긴, 테스라낙의 의중에 달린 일이니 여기서 바늘 찔러 봐야 알아낼 수 있을 리가 없지."

이걸로 광익의 천사에 대해 당장 알아낼 수 있는 건 다 알아냈다.

그대로 바늘을 뽑으려던 카르나크가 문득 멈칫거렸다.

"아니지. 이참에 다른 것도 확인이나 해 보자."

이놈도 엄연히 검은 신의 교도다. 그렇다면 디오그레스 콜론에 대한 정보도 혹시 가지고 있지 않을까?

사실 별 기대는 하지 않았다.

여명탑이 위치한 제국 북부와 이곳 그렌탈 영지는 너무나 멀다. 안 그래도 소통 안 되는 검은 신의 교단이 제대로 연락을 취했을 것 같지는 않았다.

그런데 의외로 어느 정도 소식은 전해졌던 모양이다.

자세한 사항은 물론 하버트도 모른다. 하지만 대략적인 이야기 정도는 한 다리 건너 들은 것이다.

그리고, 이는 카르나크에게도 꽤나 중요한 정보였다.

"……디오그레스의 도주를 도운 조력자가 있었어?"

※

심문이 끝나자 카르나크는 하버트를 내버려 둔 채 동굴 밖으로 나왔다.

굳이 하버트를 챙길 필요까진 없었다. 쓰러진 다른 사교도들도 마찬가지였다.

어차피 사이샤 신전에 알리기로 했으니 신관들이 나중에 이들을 따로 수거할 것이다.

"산 채건, 시체건 간에 말이지."

카르나크의 말에 바로스가 바로 움직였다.

"적당히 묶어 둘 필요가 있겠군요. 산 채건, 시체건 간에 말이죠."

사교도의 생존자들을 이대로 놔두고 가긴 위험하다. 도망쳐 버릴 가능성이 있다.

그리고 사령술사들은 도망칠 때 혼자 가지 않는다. 반드시 시체도 함께 움직이지.

세라티와 레번이 혀를 내둘렀다.

"산 사람은 그렇다 치고……."

"시체까지 신경 써야 하다니."

많이 익숙해졌는데도 간혹 이렇게 세상이 바뀐 부분이 느껴진다.

일행은 바쁘게 움직였다. 시체 포함, 모든 사교도들의 사지가 포박되었다.

밀리아가 신성술을 펼쳤다.

"라티엘이시여, 이들의 눈과 귀를 덮으소서!"

성스러운 빛이 사교도들을 뒤덮어 저들의 의식을 빼앗았다.

밀리아가 안도의 한숨을 내쉬었다.

"다행이다. 진짜 성공했어……."

옆에서 지켜보던 라피셸이 의아해했다.

"그렇게 어려운 신성술이었어요?"

재빨리 둘러대며 밀리아가 표정을 관리했다.

"응? 아니, 그런 건 아니고 그냥……."

그래도 내심 기쁘다.

카르나크의 권속이 되고도 신성술을 쓰는 데 아무 문제 없다는 걸 확인했다.

뒤처리가 끝나자 카르나크가 산 아래로 턱짓을 했다.

"이제 사이샤 신전 가자. 이놈들 고발해야지."

⁂

사이샤 신전 그렌탈 지부는 카르나크 일행을 실로 반갑게 맞이했다.

"오! 이게 뉘시오?"

"카르나크 공이 아니신가!"

"오랜만이구려!"

반갑지 않을 수가 없었다.

여러모로 카르나크에게 신세를 많이 졌던 사이샤 신전이었다. 게다가, 정황을 보면 또다시 신세를 질 것 같지 않은가?

"그대가 이곳에 왔다는 건, 혹시?"

신관장의 질문에 카르나크가 고개를 끄덕였다.

"예, 휴델 백작의 후임자를 처리하기 위해 왔습니다."

그런 놈 있는 줄도 몰랐으면서 안색 하나 변하지 않는 카르나크였다.

사이샤의 신관들은 자연스럽게 받아들였다.

"역시 놈들이 다시 세력을 키웠나?"

"독버섯 같은 놈들!"

생각해 보면 후임자가 있는 쪽이 당연하다.

그렌탈 영지는 제국의 서쪽 끝으로, 7왕국 연합으로 통하는 관문이나 마찬가지인 장소.

주로 제국에서 활동 중인 검은 신의 교단이 연합 쪽에서도 세력을 넓히려면 무조건 손에 넣어야 하는 지리적 요충지인 것이다.

'이거, 시간 좀 지나면 하버트의 후임자 같은 것도 숨어 있겠군.'

나중에 정보 필요하면 또 수확(?)하러 와야겠다고 생각하며, 카르나크는 사교도들의 은신처 위치를 알려 주었다.

감사하면서도 신관들은 부끄러워했다.

"원래는 우리가 해야 할 일인데……."

"카르나크 공께서 대신 피를 흘려 주시다니……."

"참으로 면목이 없군요."

개의치 말라며 카르나크가 말을 이었다.

"이번에도 그냥 여러분이 처리한 걸로 해 주실 수 있겠습니까? 7왕국인인 제가 제국에서 일을 벌였다는 사실이 알려지는 건 그리 바람직하지 않으니까요."

덕분에 더더욱 부끄러워하는 신관들이었다.

"하지만 우리도 이대로 빚만 질 순 없소만."

"뭔가 필요한 것이 없습니까?"

카르나크는 잠시 고민했다.

'필요한 것?'

평소처럼 돈으로 달라고 하려다, 혹시나 싶어 세라티에게 묻는다.

[여기서 돈 달라고 하면 욕먹냐, 혹시?]

[욕은 안 하겠지만 눈빛이 좀 달라지긴 하겠죠.]

[어떻게 달라지는데?]

[적어도 지금처럼 영웅을 보는 눈빛은 아니겠죠?]

[과연, 저들의 호의를 돈으로 바꾸지 말란 말이지?]

[웬일로 카르나크 님이 사람 말귀를 제대로 알아들으셨대요?]

[후후, 내가 학습 능력은 좀 있지.]

우아한 목소리로 차분하게 대꾸했다.

"여신의 성무를 행하는데 어찌 대가를 바라겠습니까? 밥이나 한 끼 주십시오. 신전 밥이 맛있다던데."

신관들은 깊은 감명을 받았다.

눈빛만 봐도 알 수 있었다. 진심이었다.

진심으로 대가 따윈 필요 없고, 밥이나 한 끼 먹으면 족하다고 여기고 있다!

"허허……."

"진정 욕심이 없구려."

뭐, 그럴 만했다.

진심은 진심이었으니까.

'아니, 진짜로 신전 밥 맛있던데.'

라케아니아의 중앙과 서부를 길게 잇는 제국 서부 관도.

한 무리의 남녀가 길을 걷고 있었다.

허름한 여행복 차림에, 등에는 봇짐을 한 아름 짊어진 행상들이었다.

물론 진짜 행상은 아니고 카르나크 일행이다.

알타스 상단으로 돌아간다며 사이샤 신전을 나선 후 따로 변장한 것이다.

걸음을 옮기던 카르나크가 문득 입맛을 다셨다.

과연 사이샤 신전은 대접을 아끼지 않았다. 저녁뿐 아니라 아침도 푸짐하게 챙겨 주었다.

"역시 신전 밥 맛있더라."

짐꾼으로 위장 중인 바로스도 고개를 끄덕였다.

"그러게요. 재료가 좋아서 그런가?"

그럴 수밖에 없다며 레번이 대꾸했다.

"원래 저잣거리 식당이 아무리 맛있어도 진짜 상류층 음식은 못 따라갑니다. 재료 수급 문제가 있으니까요."

사시사철 좋은 재료를 확보하려면 상당한 수준의 영향력이 있어야 한다. 단순히 돈만 많다고 가능한 것이 아니다.

세라티도 이야기에 끼었다.

"그런데 와인은 좀 별로였던 것 같죠?"

"이 일대는 포도를 키우기엔 기후가 그리 좋지 않으니까요."

자기들이 무슨 미식가라도 된 듯 열심히 평론까지 해 가며 이동한다.

뭐는 괜찮았고, 뭐는 좀 맛이 떨어졌고, 뭐는 잘했고…….

물론 정말 식탐에 빠졌다기보다는, 그냥 걸어가며 심심하니까 수다나 떨고 있는 쪽에 가깝다.

옆에서 따라 걷던 밀리아가 혀를 내둘렀다.

"전 난생처음 먹어 보는 진수성찬이었는데요."

"음? 밀리아 양은 신관이잖습니까? 매일 먹는 게 신전 밥 아니었어요?"

레번의 의문에 밀리아가 쓴웃음을 지었다.

"신전의 식사라고 다들 똑같은 걸 먹는 건 아니니까요."

그야 높으신 분들이 먹는 건 맛있겠지! 하지만 밀리아 같은 하급 신관들에게 뭐 좋은 게 돌아가겠냐?

납득하며 카르나크와 바로스가 고개를 끄덕였다.

"아, 우리가 고급만 얻어먹었구나?"

"신전에서 밥을 얻어먹는 시점에서, 이미 보통 귀한 손님은 아니란 소리일 테니까요."

물론 밀리아도 현재는 2급 심문관, 제법 고위직에 속한다. 일명 '좋은 신전 밥' 먹을 정도의 지위이긴 하다.

"그런데 전 심문관 되자마자 바로 킹스 오더에 발령받았거든요."

덕분에 내내 드룬타 여관 밥 신세만 지고 있었다고 한다.

'어쩐지 밥 사 준다고 좋다고 따라 나오더라.'

안쓰러운 얼굴로 카르나크는 밀리아를 바라보았다.

이젠 그의 권속이 되기도 했으니, 종종 맛있는 것 좀 챙겨줘야겠다 싶었다.

그렇게 카르나크 일행은 계속 관도를 걸었다. 알타스 상단이 머무르고 있는 여관과는 정반대 방향이었다.

분명히 사이샤 신전에는 유스틸 왕국으로 돌아간다고 알렸다. 휴델의 후임자를 확실히 처리했으니 이대로 알타스 상단과 함께 7왕국으로 돌아가겠다고.

하지만 정말 돌아갈 수야 없지 않은가?

진짜 볼일은 아직 시작도 안 했는데.

"그래도 여기서는 돌아간다고 확실하게 알려야 검은 신의 교단으로부터 종적을 감출 수 있겠지."

사교단이라고 순진하게 이쪽 이야기를 전부 믿진 않을 것이다.

어쩌면 돌아가는 척하고 계속 제국 내에서 딴짓을 꾸미고 있을지도 모른다고 여길 수도 있다. 이 정도 의심은 하는 쪽이 정상이다.

"하지만 의심하더라도 달리 손쓸 방법이 없을걸."

원체 비밀 조직이다 보니 서로 연락하기가 힘들다.

그리고, 굳이 비밀 조직이 아니더라도 원래 실시간 연락은 극소수 특권층만의 전유물이었다.

9서클 마법사 정도는 되어야 실시간 소통이 가능한데, 그런 엄청난 인재는 대륙 전체를 손꼽아도 얼마 없는 것이다.

게다가 하나같이 초고위층이기도 한데, 그런 높으신 분을 교환수로 쓸 수는 없다. 카르나크야 4대 장로 덕분에 쉽게 쓸 뿐이다.

그러니 일반적으로 널리 쓰이는 방법은 마법의 전서구나 전서응, 혹은 파발이나 인편 등을 이용해 정보를 전달하는 것이었다.

정말 시급한 상황이면 마법 전서구, 자세한 내용을 전달해야 할 땐 파발을 쓰는 것인데 둘 다 상당한 비용과 준비가 필요하다.

이런 이유로, 하버트 일당은 검은 신의 교단 본산 쪽에 카르나크 일행에 관한 정보를 아직 알리지 못했다.

마법 전서구는 너무 대놓고 날아가서 비밀 유지가 안 된다. 이건 빠른 전달을 위해 기밀을 포기한 방식이다.

그러니 사람을 보낼 수밖에 없는데, 이 경우 편지 한 장 전하는 데 저 인간이 먹고 자고 이동하는 모든 비용이 추가로 들어가지 않나?

"우리가 온다는 소식을 확인한 것만으로 바로 엘레자르

에게 알릴 정도로 애들 살림이 넉넉하진 않았던 모양이더라고."

"나 원 참."

어이없어하며 세라티가 뇌까렸다.

"천사는 부를 수 있는데, 편지는 못 보낸단 말이에요?"

"비밀 조직이니까."

"이래서 사람은 떳떳하게 살아야 한다는 거군요."

"그러게. 떳떳하게 사니까 편하더라."

"……네?"

아무래도 카르나크는 현재 자신이 굉장히 떳떳하고 당당하게 살고 있다고 여기는 듯했다.

'하긴, 세상만사 다 상대적인 법이니까.'

사령왕 시절에 비하면야 떳떳한 것 맞지.

이렇듯 적당히 수다를 떨어 가며 일행은 계속 걸음을 옮겼다. 그러던 중이었다.

"그나저나……."

문득 생각났다는 듯 바로스가 물었다.

"디오그레스의 조력자가 과연 누굴까요?"

<hr />

카르나크는 하버트로부터 디오그레스 콜론에 대한 현재의

정보를 대략적으로나마 얻을 수 있었다.

중요한 이야기는 두 가지였다.

일단 첫 번째.

"디오그레스는 현재 마법이 봉인된 상태야. 예전과 같은 힘은 낼 수 없어."

레번과 세라티는 납득이 안 간다는 반응이었다.

"대마법사의 마법을 봉인했다고요?"

"10서클의 종사자를 무능력자로 만들 수 있는 마법이 있어요? 그럼 그 마법이 최강 아닌가?"

카르나크가 어깨를 으쓱였다.

"워낙 조건이 까다로워서 쉽게 쓸 수 없는 마법이거든."

10서클 절대 마법 봉인, 허그 오브 퀸.

여왕의 포옹이라는, 꽤나 괴상한 이름의 이 마법은 현시대엔 아직 존재하지 않는다.

"미래에 내게 지배당한 엘레자르가 다른 대마법사를 해치우기 위해서 개발한 주문이니까. 그땐 상대가 기엔 렌이었지."

이 마법의 골자는 말하자면 돌려막기였다.

엘레자르의 모든 마나를 담보로 삼아, 상대의 마나를 봉인해 버리는 것이다.

"생각보다 영 쓸모가 없긴 했지만."

투덜대는 카르나크를 보며 세라티가 고개를 갸웃거렸다.

"쓸모가 없다고요? 왜요?"

"봉인되는 마나의 수준이 서로 달랐거든."

마법을 시전한 엘레자르는 모든 마나가 봉인되었다. 그래서 1서클도 쓰지 못하는 무능력자가 되었다.

그런데, 정작 마법에 당한 기엔 렌은 10서클만 봉인된 것이다.

"술식이 완전하지 않았는지 아니면 저게 한계였는지는 몰라도, 9서클 이하 마법까지는 봉인할 수 없었어."

즉, 이쪽 대마법사는 통째로 날아가는데 저쪽 대마법사는 9서클의 마스터로 만드는 마법이란 소리다.

"아, 그건 큰 손해네요."

"그렇지? 그래서 그냥 바로 내다 버린 마법이었는데……."

사실 카르나크는 하버트가 언급하기 전까지만 해도 저 마법의 존재를 완전히 잊고 있었다.

그만큼 쓸모가 없었으니까.

"아무래도 테스라낙은 이걸 제대로 완성시킨 모양이더군."

현세의 엘레자르가 디오그레스에게 시전한 허그 오브 퀸은 달랐다.

여전히 상대의 마나를 완벽하게 봉인하진 못한다.

하지만 10서클만을 봉인했던 회귀 전 엘레자르와 달리, 이번엔 디오그레스의 마법을 5서클까지 봉인할 수 있었다는 것이다.

"즉, 현재 디오그레스는 4서클의 마법사란 소리지."

대마법사를 9서클의 마스터로 만드는 수법이라면 이쪽 대마법사 전력을 날리면서까지 행할 가치가 없다.

하지만 4서클의 평범한 마법사로 만들 수 있다면?

"이건 충분히 저지를 만하잖아."

다들 납득하며 고개를 끄덕였다.

문득 바로스가 물었다.

"그럼 현재 엘레자르는 무능력자가 된 겁니까?"

"마법사로서는 그렇지."

"그런 엄청난 정보를 하버트 같은 놈까지 알고 있어요? 좀 수상한데요."

"아, 꼭 그렇진 않아."

휴델은 엘레자르가 아끼던 심복 중의 심복.

하버트는 그런 휴델의 후임자였다.

"우리가 우습게 봐서 그렇지, 하버트도 엘레자르 밑에선 꽤나 고위 부하 중 하나거든."

사실 하버트며 다른 사령술사들이 결코 만만한 자들은 아니었다.

그저 카르나크 일행이 너무 빨리 강해졌을 뿐.

"게다가 나 때랑은 상황이 다르더라고."

카르나크 휘하의 엘레자르는 마법사이거나 사령술사이거

나 둘 중 하나였다.

지배를 받은 후 생전엔 마법사였고, 죽고 나서 언데드가 된 후론 사령력으로 바뀐 마력을 마법처럼 구사했으니까.

그래서 저 마법을 쓰고 나면 무능력자가 될 수밖에 없었다.

하지만 테스라낙 휘하의 엘레자르는 마법사이면서 동시에 사령술사.

디오그레스의 마법을 봉인시킨 지금도, 그녀는 여전히 검은 신의 교단 최강의 사령술사인 것이다.

"충분한 능력이 남아 있으니 오히려 심복에게만큼은 정확하게 상황을 알려 주는 쪽이 일을 그르치는 걸 막을 수 있다고 판단했겠지."

물론 딱 저 정도까지만 알려 주었으니 심복인 하버트인들 제반 상황 전부를 파악하고 있진 않았다.

그래도 드렐타인과의 협공을 통해 엘레자르가 디오그레스 콜론의 마법을 봉인하는 데 성공한 건 확실한 듯했다.

"덕분에 오랜 의문이 하나 풀렸다."

예전부터 카르나크가 의아하게 여기던 부분이 있었다.

왜 만만치 않은 대마법사들부터 먼저 노린 걸까? 저들을 제압할 확실한 방법이라도 있는 걸까?

"이 마법 믿고 그랬다는 거지."

대마법사를 죽이는 것 이상으로 어려운 일이 그 육체를 멀쩡히 유지하는 것.

"허그 오브 퀸이 이 정도 성능을 지니고 있다면 대마법사부터 먼저 노려서 세력을 안정화시키는 게 합리적일 테니까."

덕분에 대마법사 디오그레스 콜론은 지닌 능력 대부분을 잃고 4서클의 마법사가 되었다.

상식적으로 그 상황에서 디오그레스가 도주할 가능성은 전혀 없었다.

여기서 하버트의 두 번째 정보가 나온다.

"위기에 빠진 디오그레스 콜론을, 정체불명의 인간이 나타나 구출해 갔다더라."

저 조력자의 정체까지는 하버트도 알지 못한다고 했다.

세라티가 좀 이상하다며 물었다.

"대마법사가 마법을 못 쓰게 되었다는 것도 알릴 정도의 심복한테, 조력자의 정체는 감춘다고요? 대체 왜?"

"아, 그게 일부러 감춘 게 아니라……."

카르나크가 쓴웃음을 지었다.

"엄밀히 말하면 엘레자르는 조력자의 정체를 숨기지 않았어."

디오그레스와 저 조력자가 제국 어디에 숨어 있는지를 찾아야 하는데, 여기서 정체를 숨길 이유는 전혀 없다.

단지, 인편을 통해 연락을 취하는 과정에서 정보 일부가 누락된 것이다.

"그래서 하버트도 추가 연락을 기다리고 있는 상태더라고."

사실 조력자의 정체 자체는 어느 정도 범위가 좁혀질 수밖에 없다.

"정체불명이라곤 했지만, 꽤나 많은 단서가 남아 있으니까."

일단 저 상황부터가 단서 그 자체다.

"마법을 못 쓰게 되었다 해도 엘레자르는 여전히 강력한 사령술사지. 거기에 무왕 드렐타인까지 있었잖아?"

그런데 저 정체불명의 조력자는 이 두 사람을 상대로 디오그레스 콜론을 구출해 냈다.

"이걸 할 수 있는 사람이 대륙에 몇이나 있겠어?"

카르나크 일행이 그렌탈 영지에서 겪었던 상황과 똑같다.

아무리 정체를 감추고 싶어도, 광익의 천사를 해치울 수 있는 강자가 한정되어 있다 보니 쉽게 이쪽이 특정된다.

마찬가지인 것이다.

"보나 마나 무왕 아니면 대마법사겠지."

델피아드의 무왕 갤러드가 사망한 지금, 현 대륙에는 3인의 대마법사와 3대 무왕이 남아 있다.

"개중 검은 신의 교단과 관련이 없는 이들은 총 3명이지."

대마법사 기옌 렌과 무왕 바탈록 그리고 무왕 벨티아.

기엔 렌은 조력자일 가능성이 적었다.

"그 정체불명의 조력자는 인간이거든."

대마법사 기엔 렌은 요정족의 총수호자이기도 하다. 수백 년을 살아온 엘프인 것이다.

카르나크의 설명에 레번이 미심쩍은 표정을 지었다.

"확실한 겁니까? 혹시 조력자의 종족이 따로 명시되기라도 한 거예요?"

"딱히 그건 아닌데, 전체적인 뉘앙스를 보면 그래 보이더라고."

애초에 조력자의 정체를 숨기려고 한 것이 아니다. 그저 전달 과정에서 정보가 누락되었을 뿐.

"인간인 건 확실해. 입수한 정보가 정확하다는 전제하이기는 하지만."

세라티가 진지한 표정을 지었다.

"그럼 무왕 바탈록이나 벨티아 중 1명이겠군요?"

바로스가 고개를 저었다.

"바탈록은 아닐 겁니다."

밀리아도 동의했다.

"두 사람의 이야기는 어린 저조차도 아는 사실이니까요."

탈레도의 무왕 바탈록과 여명탑주 디오그레스 콜론.

이들은 실로 오랜 앙숙이었다.

아니, 앙숙이라는 표현은 너무 온건한 것일지도 모르겠다.

생사를 걸고 다툰 것만 몇 번이나 되니까.

바탈록의 고향인 탈레도와 여명탑이 위치한 카브라트 지방이 인접한 탓이었다.

원교근공이란 말이 있듯, 서로 붙어 있으면 사이좋게 지내기보단 오히려 죽어라 싸우는 경우가 더 많다.

영역 문제, 이권 문제 등으로 계속 티격태격하게 되는 것이다.

덕분에 탈레도의 후계자였던 바탈록과 여명탑의 계승자였던 디오그레스 콜론은 젊은 시절부터 종종 충돌하곤 했다.

나이 먹고 무왕과 대마법사라는 지고의 지위에 오른 후엔 체면이 있어 대놓고 싸우진 않았지만 여전히 사이가 좋지는 않았다.

"바탈록이라면 디오그레스를 구하러 가는 게 아니라 아예 이참에 숨통을 끊어 놓으려 하지 않을까요?"

"하긴, 그럴 양반이긴 하지."

바로스와 카르나크가 고개를 끄덕였다.

라피셀이 신기해하며 물었다.

"꼭 바탈록을 잘 아시는 것처럼 말씀하시네요?"

전설의 무왕이라는데 어째 옆집 아저씨 이야기하는 듯한 말투다.

흠칫 놀란 세라티가 재빨리 둘러댔다.

"워낙 유명한 인간이니까. 봐 봐, 밀리아 양도 알 정도잖아?"

밀리아도 열심히 둘러대기 시작.

"응, 나도 알고 있어, 라피셀."

"아, 그렇구나."

하긴, 농노 출신인 자신과 달리 다른 분들은 귀한 집에서 자라 많은 걸 보고 들은 이들이었다.

'나만 모르는 이야기였나 보네.'

어쨌든 이런 이유로 바탈록이 정체불명의 조력자일 가능성은 극히 낮아 보인다.

카르나크가 턱을 매만졌다.

"역시 무왕 벨티아인가?"

그녀라면 엘레자르와 드렐타인의 협공 속에서도 디오그레스를 구출해 갈 만한 능력이 있을 터.

라피셀의 눈치를 보며 바로스가 전언으로 대화를 바꿨다.

[이 시기의 벨티아라면 제국 여기저기를 떠돌고 있겠죠?]

[그렇겠지. 그러다가 라피셀을 찾아서 제자로 거두었으니까.]

원래대로라면 진작 라피셀 거두고 고향인 시프라스 지방으로 돌아가 제자 육성에 힘써야 할 시기였다.

하지만 제자가 되었어야 할 그녀가 현재 카르나크 옆에 붙어 있으니, 아직도 제국을 유랑 중일 가능성이 크다.

그러던 중 우연히 디오그레스의 위기를 보고 도움의 손길을 뻗었다?

[일단 앞뒤는 맞는 것 같다만…….]

이 경우에도 납득이 가지 않는 부분이 있었다.

[벨티아랑 디오그레스, 서로 잘 모르는 사이였지?]

[네. 이름만 아는 정도일걸요.]

무려 무왕과 대마법사인데 서로 모를 리는 없다.

하지만 실제로 교류가 있진 않았다. 적어도 지금 시점에서는.

[좀 이상하지 않냐?]

이름만 아는 사이인데, 지나가다 우연히 위태로워 보여서 구해 줬다?

그것도 또 다른 무왕과 대마법사를 상대로 목숨까지 걸어가면서?

[벨티아가 그런 정의로운 성격은 아니었을 텐데.]

살짝 놀라 세라티가 물었다.

[어머, 라피셀의 원래 스승 아니었어요?]

그런데 정의롭지 않다고?

[워낙 제자를 잘 둬서 다들 벨티아를 무슨 영웅 같은 인물인 줄 아는데…….]

카르나크가 코웃음을 쳤다.

[그 아줌마, 솔직히 성격은 별로 안 좋았거든.]

바로스가 이해한다며 고개를 끄덕였다.

[인생 굴곡이 많았던 사람이긴 하니까요.]

━━✦━━

시프라스의 무왕, 벨티아 크로테움.

크로테움 자작가의 방계로 태어난 그녀는 대부분의 무왕
이 그러하듯 하늘이 내린 타고난 천재였다.

10살에 검을 처음 쥐고 압도적인 재능을 통해 15살에 오
러를 각성, 20살엔 주위에 당해 낼 자가 없는 강자가 되었다.

하지만 정작 벨티아는 무술에 딱히 열의를 지니고 있지 않
았다.

가문이 요구할 때마다 전장에 나가긴 했지만 실제론 검에
별 흥미를 느끼지도 못했던 것이다.

수수하다 못해 소심하기까지 한 성격에, 취미도 작은 공예
품을 수집하거나 만드는 것이 전부.

아무리 천재라도 열의가 없으면 높은 경지에 이르지 못하
는 법이다.

젊은 벨티아는 적당히 청색급 오러 유저 수준에 머무르며
크로테움 자작가에서 시키는 대로 살다가 정략결혼을 통해
가정을 꾸렸다.

하지만 그녀의 결혼 생활은 행복하지 못했다.

벨티아는 분명 강했지만, 그다지 아름다운 얼굴은 아니었

으니까.

게다가 남자 입장에선 아내가 자신보다 월등히 강하다는 것도 그리 기분 좋은 일은 아니다.

남편은 계속 밖으로만 나돌았고 그녀는 내내 소박맞은 상태로 집에만 처박혀 있었다.

아니, 엄밀히 말하면 내내 집에만 처박혀 있던 것은 아니었다. 그 와중에도 가문은 계속 그녀의 검을 요구했으니까.

가문이 시키는 대로 피를 보고, 집으로 돌아와서는 남편에게 싸늘한 눈빛을 받는 나날.

그런 와중에 그나마 유일한 위안이 되는 것은 소중한 딸이었다. 딸아이를 돌보고 있을 때는 행복할 수 있었다.

그런 그녀의 행복은 딸이 5살이 되던 해에 깨졌다.

하필 벨티아가 전투를 위해 집을 비웠을 때, 마물들이 창궐해 마을이 습격을 받은 것이다.

남편과 아이를 잃은 벨티아는 미쳐 버렸다. 그리고 홀로 마물들의 서식지로 향했다.

산 하나가 통째로 피에 잠겼다.

수백수천의 마물들이 비명에 갔다.

그 속엔 당연히 남편과 딸을 해한 마물들도 끼어 있었다.

자, 가족을 죽인 마물을 처리했으니 복수에 성공한 걸까?

그런 느낌은 전혀 들지 않았다. 오히려 더더욱 극심한 허무함에 시달릴 뿐이었다.

절망을 잊기 위해 벨티아는 맹렬히 검에만 매달렸다.

그렇게 10여 년 뒤, 그녀의 검은 어느새 금빛으로 빛나고 있었다.

무왕이 된 벨티아는 감히 크로테움 자작가 따위가 어찌할 수 있는 존재가 아니었다. 이젠 가문이 반대로 그녀의 눈치를 보게 되었다.

모두의 경외 속에서 벨티아는 무심히 지냈다.

내키면 간혹 사람을 구한다.

하지만 내키지 않으면 구하지 않는다.

내키면 간혹 악을 벌한다.

하지만 내키지 않으면 그냥 내버려 둔다.

이렇듯 제멋대로 살던 시프라스의 무왕이 변한 것은 한 소녀를 만난 후였다.

－아가야, 이름이 뭐니?

－이름 같은 거 없는데요. 사람들은 그냥 13번이라고만 불렀어요.

－하긴, 고아에게 귀찮게 이름까지 붙이진 않았겠지.

벨티아는 신기한 듯 눈앞의 잿빛 머리 소녀를 바라보았다.

왠지 딸 같은 느낌이 드는 아이였다.

솔직히 말하면 친딸과 닮은 점은 하나도 없다. 그냥 완전히 남이다.

하지만 벨티아 자신과는 너무나도 흡사한 부분이 하나 있었던 것이다.

바로, 하늘이 내린 미친 듯한 검의 재능이.

-아줌마의 제자가 되지 않을래?
-그럼 여기서 나갈 수 있나요?
-그렇단다.
-될래요.

제자로 삼은 이 아이에게, 벨티아는 죽은 딸의 이름을 붙여 주었다.

-라피셀. 이제부터 네 이름은 라피셀이야.

⚓

[벨티아가 그나마 무왕으로 존경받기 시작한 건 전부 라피셀을 제자로 삼은 후부터지.]

카르나크의 말에 바로스도 첨언했다.

[지금은 라피셀을 거두지 않았을 시기일 테니, 그 아줌마가 디오그레스를 도왔을 거란 생각은 전혀 안 드네요.]

이야기를 듣던 세라티는 혀를 찼다.

[전 이제까지 무왕이라고 하면 다들 굉장히 영웅답고 정의로운 사람들인 줄 알았어요.]

그런데 막상 현시대의 무왕들 이야기를 들어 보면 그런 느낌이 아니었다.

갤러드도 그렇고, 바탈록과 벨티아도 딱히?

카르나크가 웃었다.

[그야, 무왕은 칼질 잘하면 주는 칭호니까 그렇지. 영웅적이고 정의로운 자에게 내리는 칭호가 아니잖아?]

확실히 정의롭다고 오러 더 빨리 각성하는 건 아니다.

[하지만 카르나크 님께 들었던 4대 무왕들은 하나같이 정의로운 영웅들이었는데요?]

라피셀뿐 아니라 레번 스트라우스도, 말리칸 툰과 드렐타인 텔릭스도 모두 인류를 위해 몸 바쳐 싸웠다고 했다.

[그야……]

바로스가 쓸쓸한 웃음을 보이며 옆을 가리켰다.

[그땐 아무리 더러운 인간이라도 정의롭게 만들어 버리는 절대 악이 있었거든요.]

[내가 그 정도는 아니지 않았냐?]

[그 정도였습니다.]

[야! 내가 그 정도면 너도 그 정도거든!]

[에이, 제가 아무리 더러워도 도련님 정도는 아니죠. 전

어디까지나 시키는 대로만 했거든요.]

[시키는 걸 창의적으로 해석해서 더하지 않았냐? 너도 나 못지않게 욕 많이 먹었어. 어딜 없던 일로 하려고!]

투덕거리는 둘을 보며 세라티가 핀잔을 던졌다.

[어차피 둘 다 똑같아요. 뭘 그런 걸 가지고 싸우고 그런 대?]

하여튼, 벨티아가 바탈록보다는 가능성이 높다. 하지만 여전히 석연치 않기는 마찬가지다.

레번이 다른 의견을 꺼냈다.

[혹시 조력자가 무왕이나 대마법사가 아닐 수도 있지 않을까요?]

카르나크가 한쪽 눈을 치켜떴다.

[그거야말로 무리지. 저쪽은 무왕과 대마법사가 손잡았는데?]

누누이 말하지만 9서클과 10서클, 은검기와 금검기의 차이는 굉장히 크다. 얼핏 불합리하게 느껴질 정도로.

[실버 나이트나 9서클 마스터 정도로 저들을 상대하는 건 불가능할걸. 아예 도주와 은신에만 최적화된 경우라면 모를까…….]

말하다 말고 카르나크가 눈을 깜빡였다.

[그리고 보니 데스테란 정도면 가능할지도 모르겠군.]

바로스가 인상을 썼다.

[설마요! 그 인간도 꽤나 악당인데.]

실버 나이트 데스테란.

제국 최강의 범죄 집단 서치 블랙의 두목으로, 바로스가 애용하는 데스테란류 사슬검의 원주인이기도 하다.

범죄 집단의 두목답게 워낙 도주와 은신에 뛰어나니, 그라면 드렐타인과 엘레자르의 눈을 속이고 디오그레스를 빼돌릴 수 있었을지도 모른다.

[하지만 디오그레스와 인연이 없긴 마찬가지죠. 설사 인연이 있다 해도, 남을 구하기 위해 목숨 걸 위인은 절대 아니고.]

[그러니까 상당히 오지랖이 넓은 인간이어야 한다는 거지? 있나, 그런 사람이?]

[있긴 하죠.]

미래의 무왕 말리칸 툰.

그는 대륙 곳곳에 무사 수행을 다니며 다양한 이들과 친분을 쌓았고, 그 와중에 디오그레스와도 어느 정도 안면을 튼 적이 있었다.

동기만으로 따지면 가장 가능성이 높다. 그라면 분명 디오그레스의 위기를 듣자마자 달려갔을 것이다.

그럼에도 말리칸이 정체불명의 조력자라고 하기엔, 여전히 문제가 남아 있다.

[이 시기의 말리칸 경은 아직 실버 나이트입니다. 무왕이

아니에요.]

성품이야 어찌 되었건 간에 현재 그의 실력으로는 드렐타인의 손아귀에서 빠져나올 가능성이 거의 없는 것이다.

카르나크가 애매해하며 중얼거렸다.

[뭔가 다들 석연찮네.]

능력이 되는 이는 동기가 없고, 동기가 있는 이는 능력이 모자란다.

[역시 이것만으로는 정보가 부족해.]

잔존 사념을 확인하건 다른 사교도를 족치건 간에 추가 정보를 입수해야 판단의 근거도 늘어날 터.

[빨리 여명탑으로 가자. 그래야 상황을 파악할 수 있겠다.]

그동안 라피셀은 일행의 눈치를 보고 있었다.

갑자기 사람들이 일제히 입을 다물어 버린 탓이었다. 덕분에 묘하게 분위기가 조용하다.

'우리 일행은 다 좋은데 다들 너무 과묵하시다니까.'

그나마 밀리아가 말이 많아서 수다 떨기 참 좋았는데, 그녀도 요새 물들었는지 부쩍 말이 없어졌고.

걸음을 옮기며 잿빛 머리 소녀는 입을 삐죽였다.

'심심해, 칫.'

카르나크 일행은 계속 관도를 따라 제국 북부로 향했다.

말도 마차도 없이 두 발로 하염없이 걷는 여정이었다.

물론 돈이 없어서 못 구한 건 아니다. 설마 카르나크 일행이 그 정도 돈도 없을라고?

되도록 검은 신의 교단의 눈길을 피하기 위해서였다.

말이건 마차건 가격이 상당한 물건이다. 거래 시 내역이 반드시 남는다는 소리다.

농가의 짐말이나 마차조차도 반드시 기록을 하기 마련이니, 함부로 돈을 썼다간 곧바로 행적이 드러난다.

실제로 정보 조직에서 상대의 종적을 파악하는 기본 중 하나가 바로 말과 마차의 구입 내역을 살피는 것이기도 했다.

그렇다고 알타스 상단의 마차를 이용할 수도 없었다.

그렌탈 영지 올 땐 스무 대였던 마차가 귀환할 땐 열아홉 대라면, 검은 신의 교단이 바보가 아닌 이상 바로 알아차리겠지.

적어도 대도시까지는 걸어야 했다.

일단 인파 속에 파묻힌 후에야 말이나 마차를 구입해도 정체가 드러나지 않을 수 있었다.

그래서 세라티는 특별히 짐을 든든하게 꾸렸다.

적어도 열흘 가까이 노숙과 조악한 식사를 각오해야 할 테니, 준비를 단단히 하지 않을 수 없는 것이다.

하지만 그녀의 투철한 준비성은 아쉽게도 빛을 보지 못했다.

카르나크가 곧 죽어도 노숙은 하지 않겠다며 고집을 피운 탓이었다.

"빨리 가자면서요?"

"빨리 갈 필요는 있지만, 맛없는 밥 먹어 가며 서두를 필요까진 없거든!"

고작해야 100년밖에 못 사는 인생, 하루 세끼 먹는다 쳐도 10만 번의 식사가 고작이다!

그 소중한 한 끼를 어찌 허투루 낭비할쏘냐?

이런 소리를 하며 매일 멀쩡한 식당과 여관이 반드시 일정에 포함되도록 여행 계획을 짠 것이다.

이에 다른 일행은 깊은 감명을 받았다.

"……100년이나 더 사시게요?"

"……10만 번이 고작입니까?"

하여튼, 이런 이유로 현재 카르나크 일행은 먹을 거 다 먹고, 쉴 거 다 쉬고, 잘 거 다 자면서 느긋하게 이동 중이었다.

"정말 이래도 되는 겁니까?"

걱정스러운 레번의 질문에도 카르나크는 마냥 태연했다.

"괜찮아. 그래 봤자 사나흘 늦춰지는 게 전부인데, 뭘."

더구나, 이게 또 의외로 좋은 점도 있다는 모양이었다.

"꽤나 헷갈릴 거야. 내가 헷갈려 봐서 잘 알아."

밀리아와 라피셀이 고개를 갸웃거렸다.

"헷갈리다니……."

"뭐가요?"

───※───

라케아니아 제국 서부 최대의 도시 중 하나인 칼라트 시티.

파사의 여단 서부군의 주둔지이기도 한 이곳에도 검은 신의 교단은 은밀하게 지부를 두고 있었다.

정확히는 파사의 여단이 주둔해 있기에 일부러 지부를 두었다는 쪽이 옳다. 그래야 저쪽의 동태를 빠르게 살필 수 있을 테니까.

올해로 마흔둘이 된 파크라트는 이곳 칼라트 지부의 지부장이었다.

하버트와 동급의 강력한 사령술사이며 6서클의 정규 마법사이기도 한 그였다.

그 능력을 엘레자르에게 인정받아 제국 서부의 교단 전체를 관리하는 중책을 맡고 있었다.

칼라트 시티 외곽의 한 평범한 상가 건물.

은밀한 석실 속에서 파크라트가 인상을 쓰고 있었다.

"여전히 찾지 못했나?"

"예, 파크라트 대주교님."

수하들이 차분히 보고를 이었다.

"저들의 예상 동선과 행적을 전부 역으로 추적해 보았습니다."

"하지만 전혀 흔적이 남아 있지 않았습니다."

보고하다 말고 파크라트의 눈치를 보며 말미를 흐린다.

"저희가 실수했을 수도 있긴 하지만……."

"그래도 이렇게까지 아무 흔적도 남지 않았다는 것은……."

하버트 암흑 대주교를 해한 저주받을 유스틸 킹스 오더, 카르나크 제스트라드.

현재 그는 알타스 상단과 함께 유스틸 왕국으로 돌아갔다고 알려져 있다.

하지만 혹시나 싶은 파크라트가 수하를 따로 풀어 저들을 추적하게 한 것이다.

평소라면 이렇게까지 신경을 쓰진 않았을 것이다. 그러나 현재 검은 신의 교단은 평소와 상황이 좀 달랐다.

대마법사, 여명탑주 디오그레스 콜론.

행방을 감춘 그를 찾기 위해 교단의 모든 이들이 신경을 곤두세우는 중이었다.

이 타이밍에 카르나크라는 요주의 인물이 제국에 나타났으니 마냥 무시할 수만은 없었다.

혹시 저자가 디오그레스 콜론과 무슨 연관이 있는 건 아닐까?

이렇게 의심하며 카르나크 일행의 예상 이동 경로를 샅샅

이 뒤졌다.

그러나 성과는 전혀 없었다.

정체 숨기고 몰래 움직이는 놈들이 매일 최고급 여관에서 묵을 리는 없으니 분명히 인적 드문 산길을 통해 이동할 터인데, 전혀 흔적이 나오질 않는다.

"진짜로 7왕국으로 돌아간 건가?"

파크라트의 혼잣말에 수하들도 고개를 끄덕였다.

"계속 제국에 머무를 이유도 없지 않겠습니까?"

"목적을 달성했으니 서둘러 귀환한 게 아닌가 싶습니다."

하긴, 생각해 보면 제국의 대마법사와 7왕국 연합의 카르나크가 무슨 관계가 있을 리도 없다.

'노파심이 과했군, 내가.'

결국 파크라트는 추적을 거두기로 했다.

사실 카르나크 말고도 더 중요한 일은 많았다.

"다들 콜론 수색 작업으로 돌아가도록."

서류를 살피며 그가 물었다.

"교단의 성검께선 지금 어디 계시지?"

※

그렌탈 영지를 출발한 지 열흘이 지났다.

마침내 카르나크 일행은 여명의 탑이 위치한 카브라트 지방에 도착했다.

라케아니아 제국은 실로 넓다. 도보만으로 열흘 만에 제국 서쪽에서 북부 지역까지 이동하는 건 불가능하다. 하물며 카르나크 일행처럼 느긋하게 움직이면 더더욱 그렇다.

불가능을 가능으로 바꾼 이유가 있었다.

이젠 카르나크 일행도 전원 말과 마차를 몰고 있거든.

어지간히 인파가 많은 대도시가 아니라면 말과 마차의 거래 내역은 바로 드러난다.

즉, 대도시까지만 도착하면 그 후엔 그냥 말과 마차를 구입해도 안 들킨단 소리다.

도보로 이동한 건 나흘 정도, 이후엔 제국 서북부의 대도시 메잔 시티에서 이동 수단을 확보해 움직인 것이다.

제국은 워낙 관도가 잘 정비되어 있어 말과 마차를 이용한 이동 효율이 7왕국보다 월등히 높았다. 덕분에 이동 시간을 비약적으로 줄일 수 있었다.

사방이 산으로 둘러싸인 분지 지형의 황량한 광야.

그 중앙에 세워진 검푸른 탑을 바라보며 레번이 중얼거렸다.

"저곳이 여명탑이군요."

주위를 둘러보던 세라티가 인상을 썼다.

"난리도 아니네요?"

원래 여명탑 주위는 강력한 마법의 힘으로 봄처럼 화창한 풍경을 지니고 있었다.

하지만 지금은 다르다.

이미 한바탕 전투가 벌어진 곳이었다. 사방이 파괴되고 뒤엎어졌으며, 부서진 막사며 창칼이 즐비했다.

그나마 시체가 보이지 않는 이유는 제국 측이 철저하게 장례를 치렀기 때문이다.

딱히 죽은 자에 대한 예우가 뛰어나서가 아니라, 요즘 세상엔 시체 함부로 남기면 후환이 워낙 커지는 것이다.

여명의 탑 역시 곳곳이 부서지고 그을려 극심한 전투를 겪은 흔적이 역력했다. 사람들의 출입이 거의 없어 얼핏 폐허처럼도 보였다.

카르나크가 입을 열었다.

"현재 여명탑은 반쯤 봉문 상태라고 하더라."

일단 여명탑 자체는 이단의 혐의에서 벗어났다.

어디까지나 탑주였던 디오그레스 콜론이 사교도였을 뿐이고 다른 마법사들은 그에게 속고 있었다는 식이었다.

하지만 주인이 사라진 탑이 제대로 돌아갈 리가 없다.

9서클의 마스터 제드첸이 임시 탑주를 맡고는 있지만 한동안은 외부 활동이 불가능한 상황이었다.

카르나크가 완드를 꺼내 들었다.

"일단 근처 잔존 사념부터 살펴볼게."

차분히 사방에 흩어진 사념들을 긁어모은다. 뭔가 말로카가 놓친 새로운 정보가 없을까 해서다.

아쉽게도 성과는 없었다.

"하긴, 말로카처럼 꼼꼼한 성격에 정보를 놓쳤을 리는 없나?"

말로카와 카르나크의 잔존 사념 탐색 능력엔 물론 상당한 격차가 있다.

하지만 이것이 그녀가 찾지 못한 걸 카르나크가 찾을 수 있다는 의미까진 아니었다.

둘의 능력은 비유하자면 이런 식이다.

말로카가 1시간에 책 한 권을 정독할 때, 카르나크는 10분 만에 속독으로 읽어 낼 수 있다는 것.

1시간 만에 읽건 10분 만에 읽건 입수하는 정보량 자체는 똑같은 것이다.

"뭐, 어차피 큰 기대는 안 했으니까."

완드를 거두며 카르나크는 여명탑을 돌아보았다.

"이럴 경우엔 역시 인근 지역 주민의 도움을 받아야겠지?"

여명탑에서 남쪽으로 반나절 정도 떨어진 곳에 코트윌이란 마을이 있다.

탑의 마법사들이 생필품을 구하거나 바람을 쐬러 나갈 때

종종 들르는 곳이다.

해가 저물어 가는 저녁, 마법사 라인즈는 오늘도 코트월 마을에 들러 술을 마시고 있었다.

독주를 기울이며 음울하게 중얼거린다.

"하아, 앞으로 어떻게 되는 거지……."

그는 술집에 홀로 앉아 있었다.

평소라면 친한 척하며 다가왔을 마을 지인들이 하나같이 그를 힐끔거리며 자리를 피한다.

더욱 술만 들어갔다.

너무 과하게 마신 걸까?

분명 휘청거리며 술집 문을 열고 나섰는데, 주위를 둘러보니 여명탑 근처의 길가였다.

"……어?"

잠깐 당황했지만 라인즈는 금방 표정을 풀었다.

'이거, 내가 술이 많이 약해진 모양이군.'

뭐, 중간 기억 싹 날아가는 건 술 많이 먹다 보면 흔히 겪는 일이다.

그래도 참 귀소본능이란 게 무섭다. 술에 취해 기억도 안 나는데 용케 여명탑 근처까지 돌아오다니.

고개를 절레절레 저으며 라인즈는 그대로 탑 안으로 들어섰다.

평소와 전혀 다를 바 없는 평범한 하루였다.

길가 너머의 바위 그늘 아래, 몰래 라인즈를 지켜보고 있는 한 무리의 일행을 제외하면 말이지.

라피셀이 감탄하며 말했다.

"정말 깔끔하네요."

검지의 마력 바늘을 까닥이며 카르나크가 기쁜 듯 대꾸했다.

"그렇지?"

아무런 피해자도 없는 행복한 세상의 완성이다.

라피셀도 고개를 끄덕이는 걸 보니 진짜 잘한 게 맞는 것 같았다. 뿌듯했다.

'나, 너무 사람 된 거 아냐?'

물론 저 술 취한 인근 지역 주민(?)이 많은 정보를 지니고 있진 않았다.

심지어 어떤 면에선 카르나크 일행보다도 아는 게 없었다.

당장 디오그레스가 조력자의 도움을 받아 도주했다는 사실조차 모르고 있었으니까.

하지만 다른 성과가 있었다.

인근 지역 주민답게 지근거리의 사교단에 대한 정보를 지니고 있었던 것이다.

물론 대략적인 위치밖에 모른다. 정확한 위치를 알 정도면 진작 토벌해 버렸겠지.

그래도 카르나크에겐 이 정도면 충분했다.

"가 보자. 근처까지 가면 뭔가 단서가 있겠지."

3시간 뒤, 여명탑 서쪽에 위치한 한 바위산의 동굴 속.

카르나크는 주위를 둘러보며 투덜대고 있었다.

"하여튼, 요샌 예전처럼 위치 찾기가 힘들다니까. 예전엔 산 너머에서 슥 보기만 해도 위치를 파악할 수 있었는데."

요샌 가까이 가서 정신을 집중하지 않으면 어둠의 기운을 찾기가 힘들다. 세상에 흩뿌려진 게 너무 많다.

그래도 성과가 없진 않았다.

혼백이 나간 눈앞의 젊은 사내를 향해 카르나크가 물었다.

"그래서, 디오그레스 콜론은 어디로 갔지?"

이 사내는 바위산에 은신 중이던 사교도 중 1명이었다.

바위산 일대를 수색해 숨어 사는 사교단의 은신처를 찾은 뒤, 몰래 접근해 이 사내만 따로 납치해 온 것이다.

일단 찾기만 하면 납치는 어렵지 않다.

그의 곁에는 납치, 감금, 고문에 수십 년을 투자한 달인 바로스 선생이 있으니까.

[아니, 그거 다 도련님이 시킨 거 아닙니까? 그래 놓고 왜 절 나쁜 놈 만들어요?]

[나쁜 놈 말 잘 듣는 놈이 그럼 착한 놈이겠냐?]

[앗, 여기서 정론을?]

하여튼, 바늘이 꽂힌 사내는 착실하게 카르나크의 질문에
답하고 있었다.

"그는 남쪽으로 도주한 것으로 보입니다."

"남쪽?"

"예. 교단의 성검께서 정예를 이끌고 그를 추격 중입니
다."

옆에서 지켜보던 세라티가 눈을 깜박였다.

"교단의 성검? 이건 또 누구래요?"

✳

여명탑 근처에서 심문한 사교도의 말에 따르면, 디오그레
스 콜론의 행적이 마지막으로 발견된 것은 라케아니아 제국
중부 도시 중 하나인 센부르크였다.

"남쪽으로 꽤 내려갔군."

카르나크 일행은 곧바로 센부르크로 향했다.

꽤나 먼 거리였지만 이번엔 길을 재촉한 덕분에 사흘 안에
도달할 수 있었다. 그리고 다시 한번 정보 탐색에 나섰다.

"여기도 사교단 지부가 있다고 했지?"

사교도의 머리에 꽂힌 바늘은 비단 디오그레스의 행적만
을 알려 주지 않았다.

디오그레스의 행적이 마지막으로 센부르크에서 발견되었다는 소리는, 그 도시에 그를 발견한 누군가가 있다는 소리도 된다.

당연히 '발견자'들의 은신처에 대해서도 캐물었다.

그리고 제법 유의미한 정보를 얻을 수 있었다.

밤이 깊은 도시의 뒷골목.

"아으으으......."

짙은 어둠 속에서 한 여인이 눈을 까뒤집은 채 거품을 물고 있었다.

센부르크에서 암약 중인 검은 신의 교도 중 1명이었다.

도착하자마자 카르나크 일행은 곧바로 사교단의 은신처부터 찾았다. 그리고 적당히 고위직으로 보이는 사교도를 납치해 온 것이다.

고위직인지 아닌지 구별하는 법은 간단했다.

"강력한 사령술사일수록 고위직일 가능성도 높지, 뭘."

여인의 머리에 꽂은 바늘을 까닥거리며 카르나크가 물었다.

"디오그레스 콜론은 지금 어디 있지?"

그녀가 넋 나간 어조로 대답했다.

"던펠 시티에서 마지막으로 행적을 파악했습니다......."

던펠 시티는 센부르크에서 남쪽으로 한참 더 내려가야 나오는 곳이다.

카르나크가 턱을 매만졌다.

"계속 열심히 도주 중인 모양이군. 그래, 던펠 시티에도 교단 지부는 있겠지?"

"예."

"위치는?"

여인이 순순히 던펠 시티의 사교단에 대해 털어놓았다.

옆에서 지켜보던 세라티가 신기하다는 표정을 지었다.

"7왕국 연합이랑은 꽤 다르네요."

"뭐가?"

"거기선 같은 사교도들끼리도 거의 모르고 지냈잖아요? 그런데 여긴 서로 간의 정보를 꽤 가지고 있군요."

"그야, 제국은 검은 신의 교단이 교세를 상당히 펼친 상황 이니까."

비밀 조직이 서로 소통 안 되는 건 어디까지나 초기 개척 상태일 때 이야기다.

"한번 자리가 잡히고 나면 서로 간의 연계도 훨씬 잘되기 마련이지."

그렇게 카르나크는 여인으로부터 원하는 만큼 던펠 지부 의 정보를 끌어냈다.

그리고 막 마력 바늘을 뽑으려 할 때였다. 옆에서 바로스 가 한마디 했다.

"그것도 확인해야죠, 도련님?"

"아, 맞다."

이제야 떠오른 듯 카르나크가 질문을 이었다.

"디오그레스 콜론을 도운 조력자가 누구지?"

이 중요한 문제를 어떻게 까먹을 수 있겠냐마는, 그럴 이유가 있었다.

여인의 대답은 여명탑 근처의 사교도와 똑같았다.

"……디오그레스에게 조력자가 있었다는 소린 들어 본 적이 없습니다."

"이럴 줄 알았다. 얘도 모르네."

이들은 하버트와 달리 엘레자르의 심복이 아닌 것이다.

조력자의 존재는 물론이요, 디오그레스가 마법의 힘을 잃었다는 사실조차 모르고 있었다.

"뭐, 기대는 안 되지만 이것도 확인이나 해 보자."

카르나크가 시큰둥하게 질문을 덧붙였다.

"교단의 성검이 디오그레스 콜론을 쫓고 있다고 들었다. 그게 누구지?"

처음에는 드렐타인 텔릭스를 의미하는 것인 줄 알았다.

저 정도로 거창한 칭호를 받았다면 적어도 무왕은 되어야 할 테니까.

그러나 처음 그를 언급했던 하버트의 말에 의하면, 드렐타인은 교단의 성검이 아니었다.

─그분은 어둠의 법왕이십니다.
─아, 그게 또 그런 식으로 분류가 되나?

하버트도 교단의 성검에 대한 정보까지는 가지고 있지
않았다. 최근에 영입된 인물이라 그 역시 모른다는 모양이
었다.
그래서 혹시 이 여인은 알까 싶어 심문한 것인데…….
"그분은 테스라낙을 섬기는 첫 번째 검입니다."
"그러니까, 그게 누구냐고."
"어둠 속에서 검으로 말씀하시는 분입니다."
"이름 말이야, 이름."
"교단의 성검이 곧 그분을 지칭합니다."
"저기요, 속세의 이름을 물어본 것이거든요?"
"그분은 속세의 모든 굴레를 벗어던지고 죽음의 신께 귀의
하셨습니다."
"……와, 혹시 나 약 올리려고 이렇게 대답하는 건가?"
물론 머리에 바늘 꽂혀 정신이 제압된 상황인데 그런 의지
가 남아 있을 리 없다.
그냥 평소 버릇처럼 사용하는 광신도의 어휘가 나오는 것
뿐이다.
바로스를 돌아보며 카르나크가 뇌까렸다.
"그냥 정체 감추고 있단 소리지, 이거?"

이해가 간다며 바로스가 어깨를 으쓱였다.

"대외적으로 정체 들키면 안 되는 사람이란 소리네요."

실제로 검은 신의 사교도 대부분은 엘레자르와 드렐타인이 자신들의 수장인 줄도 잘 모른다.

그냥 파괴의 성녀, 어둠의 법왕 등으로만 알고 있을 뿐.

표면적으로 지닌 지위와 권세가 있으니 함부로 정체가 밝혀지면 안 되는 것이다.

그간 만난 휴델이니 하버트니 하는 이들은 그래도 다들 고위직이라 저들의 정체를 알고 있었던 것이고.

"마찬가지로 정체를 감추고 있다면……."

레번이 카르나크를 돌아보며 말했다.

"이 성검이란 작자도 꽤나 유명인인가 보군요."

그래도 이 여인 덕분에 디오그레스의 다음 행적은 알아냈다.

"던펠 시티란다. 가자."

　　　　　　　　　　※

던펠 시티에 도착해 고위 사교도를 찾았다. 그리고 바늘을 꽂았다.

—디오그레스의 행적은 교역 도시 발로에서 마지막으로

확인되었습니다.

　-또 남쪽이야?

　열심히 교역 도시 발로까지 내려가 고위 사교도를 찾았다. 그리고 바늘을 꽂았다.

　-그의 행적은 네크란시에서 마지막으로 확인되었습니다.
　-여기서 더 내려갔다고? 대체 남쪽에 뭐가 있어서 자꾸 내려가는 거야, 그 인간은!

　어쩔 수 없다. 계속 쫓아가야지.
　카르나크 일행은 계속 남하했다.
　워낙 남쪽으로 내려오다 보니 슬슬 기후마저 변했다. 날이 더워져 입던 로브를 얇은 천으로 바꿔야 할 지경이었다.
　그렇게 네크란시에 도착해 또 사교도를 찾았다. 그리고 또 바늘을 꽂았다.
　게거품 물고 쓰러진 눈앞의 청년을 바라보며 카르나크와 세라티가 쓴웃음을 지었다.
　"무슨 떠돌이 침술사라도 된 기분이네."
　"행적만 보면 정말 그렇긴 하죠?"
　골목 저편을 망보던 밀리아가 걱정스러운 듯 물었다.
　"이러다 들키진 않을까요?"

아무리 일행이 은밀하게 움직였다지만 꼬리가 길면 밟히는 법이다.

들르는 도시마다 사고를 치고 있는데 과연 사교도들이 의심을 하지 않을까?

카르나크는 태연했다.

"별문제 없을걸."

"어떻게 그렇게 확신하실 수 있어요?"

"이놈들은 사교도니까. 온 세상이 적이잖아?"

카르나크는 물론 사교도였던 적은 없다.

하지만 온 세상이 적이었던 경험은 있는 것이다.

"온 세상이 적일 땐 아군이 당해도 대체 누구한테 당했는지 짐작을 못 해요. 짚이는 데가 너무 많거든."

"아, 그런 문제가⋯⋯."

밀리아는 안심했다.

본인의 경험에서 우러나온 카르나크의 말은 충분히 설득력이 있었다.

하여튼, 남하하며 입수한 사교도의 정보는 대동소이했다.

각 지역의 사교도들은 오직 디오그레스 콜론의 행적만을 파악할 뿐 결코 나서지 않았다.

교단의 성검에게 모든 걸 맡기고 자신들은 그저 뒤에서 도울 뿐이다.

이해가 안 간다며 레번이 물었다.

"조력자의 존재도 모른다면서 1명도 나서는 사람이 없네요? 공을 세우려는 광신도 한둘은 나올 법도 한데."

"대신 디오그레스가 힘을 잃었다는 사실도 모르잖아."

이들에겐 디오그레스는 여전히 대마법사일 테니 당연히 몸 사리겠지.

계속 흔적을 추적하며 일행은 남쪽으로, 남쪽으로 계속 내려왔다.

그렇게 여명탑을 출발한 지 한 달째.

넘실거리는 푸른 파도를 바라보며 카르나크가 실소를 흘렸다.

"와, 결국 여기까지 와 버렸네?"

언덕에 오른 일행의 눈앞에 거대한 도시가 펼쳐져 있었다.

제국 남부의 유서 깊은 항구도시, 태리스터항이었다.

✳

끝없이 펼쳐진 바다와 저 멀리 아득히 보이는 수평선.

갈매기가 날아다니는 남해의 하늘이 실로 푸르다. 숨 쉬는 공기마저 짠 내음이 물씬 풍긴다.

흥분을 감추지 않은 채 밀리아는 연신 항구 주위를 두리번거렸다.

"와, 바다다."

난생처음 바다를 본 10대 소녀다운 모범적인 반응이었다.

뭐, 20대라고 별다를 건 없었지만.

"이, 이것이 바다……."

세라티도 넋 나간 얼굴로 애써 표정을 관리하고 있었다.

나름 많은 경험을 겪었지만 항구까지 와 본 일은 없는 그 녀였다.

귀한 집 자식이지만 내륙국 출신인 레번 스트라우스 역시 마찬가지.

"그냥 물이 좀 많은 것뿐이잖습니까? 대수림의 호수들도 이 정도는 되는데."

애써 태연한 척 말은 저렇게 하는데, 얼굴은 잔뜩 상기되 어 있다.

그 모습을 보며 카르나크와 바로스가 허허 웃었다.

"다들 신기한가 보네."

"신기하겠죠, 뭐."

저들이 아무리 어른이라 해 봐야 고작 20대 초중반인 것이 다. 100년 묵은 요괴(?) 두 놈이 보기엔 쟤들도 애들이지.

그런데 정작 일행 중 가장 어린 잿빛 머리 소녀는 태연했 다. 밀리아가 의아해하며 물었다.

"라피셀은 별로 안 신기해?"

"네? 아, 예."

눈을 깜빡이더니 라피셀이 소감을 말했다.

"과연 듣던 대로 물이 많네요."

"그게 다야?"

세라티가 속으로 혀를 찼다.

'그야 기억에만 없고 전생 때 몇 번이나 들락거렸을 테니까 그렇겠지.'

괜히 여기서 기억 더 건드려서 시프라스의 무왕이 튀어나와도 곤란하다.

항구를 살피며 그녀가 슬쩍 화제를 바꿨다.

"언젠가 바다 구경 한번 해야지 하고 생각은 했지만 이런 식으로 하게 될 줄은 몰랐어요."

바다만 신기한 게 아니었다.

정박해 있는 배들도 생김새가 꽤 신기하다.

덩치도 훨씬 크고, 돛도 많이 달려 있고, 무엇보다 강을 다니는 배에 비해 어쩐지 날씬해 보인다.

태리스터항은 제국 남부의 주요 교역지 중 하나로, 남해 항로를 통해 제국 각지는 물론이고 요정족과 7왕국 연합까지 무역을 하고 있었다.

대해로 나가는 배들이다 보니 강을 다니는 선박과는 여러모로 형태가 다른 것이다.

기대하는 얼굴로 레번이 입맛을 다셨다.

"바닷가이니만큼 싱싱한 해산물 요리를 먹을 수 있겠군요."

그리고 카르나크의 핀잔을 들었다.

"우리가 여기 식도락 즐기러 왔냐?"

"윽……."

매우 부끄러워졌다.

다른 사람도 아니고 카르나크에게 저런 소릴 듣다니?

"에이, 부끄러워할 필요 없어요. 그냥 도련님이 생선 싫어해서 저러시는 거니까."

바로스의 말은 사실인 듯했다.

카르나크가 바로 인상을 쓴 것이다.

"짜고 비린내 나잖아. 물컹거리는 게 식감도 별로고."

세라티가 그를 살살 달랬다. 이왕 바닷가까지 왔는데 해산물 먹어 보고 싶은 건 그녀도 마찬가지였다.

"그래도 한번 경험이나 해 보시죠? 의외로 맛있을지 알아요?"

"그렇습니다. 맛없으면 딴 거 먹으면 되잖습니까?"

두 사람의 설득에 카르나크도 도로 표정을 폈다.

"그래, 일단 일 끝난 다음 먹어 보자."

아직 밥때가 되지 않았다.

항구의 해산물을 맛보는 건 일단 숙소부터 잡고, 이 동네 사교도들을 사냥한 다음의 이야기.

바다를 돌아보며 카르나크가 중얼거렸다.

"여기서 더 남쪽으로 내려갈 일은 없겠지, 설마."

여기서 더 남쪽이면 그냥 망망대해다.

"디오그레스가 바닷속까지 도망갔을 리도 없을 테고 말이야."

거친 파도가 몰아치는 바다 위.

범선 한 척이 멋대로 흔들리며 바다를 가로지르고 있었다.

선실 문이 열리며 한 50대 사내가 비척비척 걸어 나온다. 그러더니 난간에 손을 댄 채 거하게 토하기 시작한다.

"우에에엑!"

30대 청년이 황급히 따라 나와 토하는 사내의 등을 두들겨 주었다.

백발에 붉은 눈동자, 예리한 눈매에 날렵한 몸을 지닌 청년이었다.

"괜찮습니까, 콜론 공?"

한때 여명탑의 주인으로 대마법사라 불리었던 사내가 허탈한 미소를 지으며 고개를 끄덕인다.

"이놈의 뱃멀미, 도저히 익숙해지지 않는군."

"예전에도 배 자주 타시지 않았습니까?"

"그땐 마법으로 멀미를 죽였지."

"마법 만능 주의의 폐해로군요."

그래도 덕분에 상태가 좀 나아졌다.

디오그레스는 새삼스럽다는 듯 눈앞의 30대 청년을 바라보았다.

"웃기는 일이군, 데스테란 경. 자네와 내가 이런 사이가 되다니."

"저도 그렇게 생각합니다."

청년이 실실 웃었다.

"콜론 공을 다시 보는 날이 내 제삿날이라고 생각했는데 말이죠."

"내 목을 따는 게 아니라?"

"내 재주로 대마법사의 목을 따는 건 불가능하니까요."

아무리 그가 실버 나이트이며 대륙 최강의 범죄 조직 서치 블랙의 수장이라 해도 감히 여명탑주에게 덤빌 수준은 되지 못한다.

"그런데 지금은 이런 상황이라니……."

힘을 잃은 디오그레스를 바라보며 데스테란이 혀를 찼다.

"정말이지 세상일은 알 수 없군요, 거참."

수많은 창고들이 밀집한 태리스터 항의 서쪽 거리.

인적 없는 창고 안에 한 50대의 중년 아낙이 포박되어 쓰러져 있었다.

'대체 뭐 하는 놈들이지?'

자신을 둘러싼 외지인들을 노려보며 그녀는 치를 떨었다.

'벌건 대낮에 사람을 납치하다니!'

사람 자주 납치하는 검은 신의 교단도 최소한의 도리는 지킨다.

누군가를 납치하려면 적어도 해는 지고 나서 움직이는 게 예의 아니겠는가!

물론 카르나크는 전혀 개의치 않았지만.

"들키지만 않으면 한밤이건 대낮이건 뭔 상관이야?"

바로 바늘부터 박아 넣고 평소처럼 질문을 던진다.

"디오그레스는 어디 있지?"

평소와 살짝 다른 답변이 돌아왔다.

"바드란 펠 트라스트 데 팔렌다……."

"아차, 무심코 라케안어로 물어봤네."

카르나크는 혀를 찼다.

라케아니아 제국은 워낙 넓다 보니 한 나라 안에서도 언어가 제각각이다.

유스틸 왕국의 이솔라어가 통용되는 건 제국 서부까지. 중부에만 와도 제국 표준어인 라케안어가 공용어였다.

그래서 여명탑부터 남하할 때는 계속 라케안어로 심문을 해 왔는데 남부까지 내려오니 또 언어가 바뀐 것이다.

이 동네는 남부 토박이 사투리인 칼란트어를 쓴다.

물론 카르나크는 칼란트어 또한 능통했다. 아낙의 말도 바로 알아들었다.

지금 그녀가 한 대답은 '당신이 무슨 소리 하는지 전혀 모르겠소.'였다.

칼란트어로 바꿔 카르나크가 다시 물었다.

"젤 테이라 디오그레스 파탈 지크 스란드?"

과연, 이번엔 제대로 대답이 나왔다.

"……델 디오그레스, 말라드 벨 켈라스피어……."

옆에서 지켜보던 세라티가 레번에게 슬그머니 물었다.

"이번엔 뭐라고 한 거예요?"

당연하지만 그녀는 여명탑에서부터 전혀 의사소통이 되질 않고 있었다.

그래서 귀한 집 자식으로 태어난 레번에게 계속 통역을 부탁하고 있었는데…….

"저도 칼란트어까진 모릅니다."

7왕국 전역에 이름을 떨치는 스트라우스 가문이었다.

그런 만큼 7왕국의 주요 언어는 어릴 적부터 교육받았다.

또한 언제 제국인과 마주할지 모르니 제국 공용어인 라케안어도 공부했다.

하지만 아무리 스트라우스라도 제국 남부 사투리까지 교육시킬 생각은 못 하는 것이다.

온 세상 언어를 다 익히게 할 순 없지 않은가?

대신 바로스가 해석해 주었다.

"평소랑 똑같은 이야기예요. 디오그레스 흔적 찾았냐? 찾았다. 그럼 어디 있냐? 뭐 이런 거."

밀리아가 새삼스러운 눈으로 바로스를 올려다보았다.

"의외로 바로스 경, 공부 많이 하셨네요? 대체 몇 개 국어를 하시는 거예요?"

사실 겉보기엔 좀 무식해 보이는 인상인 게 사실이다.

머쓱해하며 바로스가 뒷머리를 긁었다.

"어쩌다 보니 그렇게 됐어요."

그리고 슬쩍 전언으로 대화를 바꿨다.

[아무리 바보라도, 수십 년 동안 대륙의 온갖 언어를 다 듣게 되면 저절로 익힐걸요.]

세라티가 의아해하며 물었다.

[대륙의 온갖 언어를? 어떻게요?]

[그야, 부하들이 전 대륙에 걸쳐 있었으니까요.]

[아…….]

새삼 깨닫게 된다.

이 나사 빠진 것 같은 주종이 사실은 세계를 정복했던 악의 화신들이란 사실을.

그리고, 저 조건이라면 또 1명 역시 칼란트어를 알 수밖에 없으리라.

대륙 전역에 걸쳐서 악의 화신들과 싸워 왔던 정의의 영웅 또한 말이지.

세라티는 슬쩍 라피셸을 훔쳐보았다.

'쟤도 다 알아듣고 있겠지?'

～＊～

라피셸은 혼란스러워하고 있었다.

'……난 대체 몇 개의 언어를 알고 있는 거지?'

제국 중부에 도착했을 때 이미 자신이 라케안어를 알아들을 수 있다는 건 확인했다.

그래도 애써 카르나크 말대로, 있을 수 있는 일이라며 넘어갔다.

언어에 재능이 있어 오며 가며 주워들은 것만으로 3개 국어 구사자가 되었다?

이미 검술에 재능이 있어 오며 가며 주워 배워서 오러 유저가 된 처지였다. 그러니 그럴 수도 있겠다 싶었다.

하지만 이곳, 태리스터 항구까지 오니 도저히 납득이 가질 않는다.

대체 제국 남부에서만 쓰는 이 언어를 제국 서부 출신의 농노 소녀가 어떻게 알고 있는 건가?

물론 이것도 우기면 가능하긴 한 이야기다.

그녀의 출신지가 교역로에 위치한 영지라면? 그래서 온갖 상인들이 오가는 곳에서 자라나 많은 언어를 듣고 배웠다면?

그래, 아주 말이 안 되는 건 아니다.

하지만 그렇다고 단정 짓기엔, 매일 밤 꿈속에서 들리는 목소리가 있었다.

화마로 가득한 전쟁터에서 누군가가 이솔라어로 외친다.

─살려 주세요, 라피셀 님!

시체가 걸어 다니는 지옥 속에서 누군가가 라케안어로 울부짖는다.

─도와주세요, 라피셀 님!

수많은 이들이 칼란트어로, 버나디어로, 랄폰어로 말을 걸고 또 건다.

─저 간악한 사령왕으로부터…….
─저 끔찍한 데스 나이트 로드로부터…….
─부디 우리를 구해 주소서!

이건 대체 뭘까? 왜 자꾸 이런 꿈을 꾸는 걸까?

'모르겠어.'

라피셀은 고개를 저었다.

아직 어린 그녀에겐 도저히 이해하기 힘든 일이었다.

❋

마침내 사교도 여인으로부터 모든 정보를 끌어냈다.

카르나크가 마력 바늘을 도로 뽑았다. 여인은 그대로 기절해 쓰러졌다.

꿔다 놓은 보릿자루처럼 멍하니 서 있던 세라티가 문득 물었다.

"그러고 보니 여기 제국이잖아요. 여기선 번역 마법 목걸이 구할 수 있지 않나요?"

카르나크도 아차 하는 표정이었다.

"그러게. 심지어 여명탑 특산물인데. 들렀을 때 사 둘걸."

하지만 이미 너무 멀리 와서 그건 불가능.

"그냥 만들어 달라고 하면 되지 않을까?"

"아무나 못 만드는 거라면서요?"

"지금 우리가 열심히 찾는 양반이 그 목걸이 마법 원작자인데?"

"그렇지, 참?"

물론 이 모든 건 디오그레스 콜론을 찾은 후의 이야기다.

"그래서 그 양반 어디 갔대요?"

바로스의 질문에 카르나크가 피식 웃었다.

"왜 안 좋은 예감은 틀리는 법이 없을까 모르겠다."

검은 신의 교단이 마지막으로 확인한 디오그레스 콜론의 행방은 이것이었다.

"남쪽으로 내려갔대."

"여기서 남쪽이면 그냥 망망대해잖아요?"

"정확히는, 배 타고 바다로 나섰다더라. 그 후론 자신들도 모른다는군."

"그 머나먼 여명탑에서 일부러 여기까지 와서, 배까지 타고 바다로 나섰다고요?"

바로스가 인상을 썼다.

"대체 이 동네 바다에 뭐가 있기에?"

"난들 알겠냐?"

자리를 털고 일어나며 카르나크가 활기차게 말했다.

"일단 밥부터 먹자, 밥."

❊

태리스터항의 해산물 요리는 엄청나게 화려하거나 기교가 들어가진 않았다.

그저 온갖 해산물을 잔뜩 쌓아 두고 푹푹 찐 다음 소스를 뿌린 것이 전부.

이 소박한 요리를 앞에 두고 카르나크는 좋은 교훈을 얻었다.

"내가 먹은 생선이 맛없었던 건 그냥 싱싱하지 않아서였구나!"

그저 찐 굴에 찐 게와 바닷가재, 구운 생선류가 전부인데 정말 맛있었다.

비린내 같은 건 전혀 느껴지지 않고 신선한 향기마저 느껴진다.

의아해하며 밀리아가 물었다.

[아니, 세계까지 정복하셨다면서 싱싱한 해산물 한번 안 먹어 봤어요? 바닷가 자주 가셨을 거 아니에요?]

[가긴 자주 갔지.]

카르나크가 갑자기 한숨을 푹 쉬었다.

[그런데 당시엔 이미 신체의 절반 이상이 언데드화되어 있어서…….]

아스트라 슈나프가 되기 전에도 이미 그는 신체의 많은 부분을 어둠의 권능으로 바꾼 후였다. 그래야 인류의 적으로서 살아남을 수 있었으니까.

본인이 생각하기에 중요하지 않은 신체부터 우선적으로 바꿨다.

그리고 당시의 카르나크에게 미각은 그다지 중요한 가치

를 지니고 있지 않았다.

[지금 생각해 보니 진짜 바보짓이었어.]

껍질 벗긴 가재 몸통을 오물오물 씹으며 카르나크는 행복한 미소를 지었다.

내일 세계가 멸망하더라도 오늘 한 마리의 랍스터를 먹겠다!

'아무렴, 인생 별거 있냐? 먹는 게 남는 거여.'

세라티도 게살을 발라 먹으며 감탄하고 있었다.

"진짜 맛있네요. 별로 손이 많이 간 요리도 아닌 것 같은데."

이 정도면 그렌탈 영지에서 들른 그 솜씨 좋던 식당의 요리와 와인에도 필적……

'어머?'

그제야 세라티는 중요한 사실을 까먹고 있었다는 걸 깨달았다.

"우리, 돈 안 내고 왔었네요?"

레번도 아차 하는 표정이 되었다.

반면 카르나크와 바로스는?

"오!"

"돈 굳었네요?"

그리고 다시 해산물에 코를 박기 시작한다.

무전취식에 따른 양심의 가책 따윈 일 푼도 찾아볼 수 없는 모습이었다.

'그래, 저런 인간들이었지.'

일 끝나고 유스틸 왕국으로 돌아갈 때 꼭 그렌탈 영지 들러서 대금 지불해야겠다며 세라티는 다짐, 또 다짐했다.

이건 돈 몇 푼이 중요한 게 아니다.

'저런 인간이 될 순 없어!'

당시 상황을 모르는 밀리아와 라피셀만 서로를 보며 고개를 갸웃거릴 뿐이었다.

"저게 무슨 소리니, 라피셀?"

"저도 모르겠는데요."

하여튼 일행 모두 신나게 먹고 마셨다.

어느 정도 배가 차자 그제야 느긋하게 대화를 나누기 시작한다.

"그나저나 왜 디오그레스는 배까지 타고 바다로 나간 걸까요?"

"그러게요. 여기에 대체 뭐가 있기에?"

바로스와 레번의 대화에 세라티가 카르나크를 돌아보았다.

"카르나크 님도 몰라요?"

"일단 용건 정도는 짐작할 수 있겠다만……."

포크를 까닥이며 카르나크가 설명을 시작했다.

"지금의 디오그레스 콜론이 가장 원하는 게 뭘까?"

이건 누구나 짐작할 수 있다.

엘레자르의 마법 봉인을 풀고, 원래 힘을 되찾는 거겠지.

"이 바다 어딘가에 그 방법이 있는 게 아닐까?"

레번이 전언으로 물었다.

[예전에도, 아니, 미래인가? 하여튼 비슷한 마법을 기엔 렌에게 썼다고 하셨죠? 그땐 어떻게 봉인을 풀었습니까?]

바로스가 대신 대답했다.

[못 풀었어요.]

[네?]

[당시 기엔 렌은 그냥 9서클의 마스터인 상태로 계속 싸웠습니다. 이쪽 대마법사인 엘레자르가 아예 전선에서 이탈했으니, 오히려 유리해진 상황이었거든요.]

그래서 견디다 못한 엘레자르 쪽에서 먼저 마법을 거두었다고 한다.

즉, 당시엔 술법에 걸린 쪽에서 봉인을 푸는 방법 자체가 개발되지 않았다.

[하지만 디오그레스쯤 되면 스스로 방법을 찾았을지도 모르지. 어쨌건 그 봉인 수법은 엘레자르가 만든 거고, 둘은 동급의 대마법사니까.]

다시 육성으로 바꾸며 카르나크가 말을 이었다.

"그런데 대체 왜 여기까지 왔는지가 짐작이 안 가. 이 근처에 무슨 전설의 유적 같은 게 있는 것도 아닌데."

이래 봬도 세상을 전부 지배했던 카르나크다.

대륙 곳곳의 쓸 만한 유적은 전부 발굴했고, 발굴하지는 않았더라도 위치 정도는 파악한 지 오래다.

"확실해. 이 근처에 전설의 유적 같은 건 없어."

카르나크가 단언하자마자 옆에서 웬 늙수그레한 목소리가 끼어들었다.

"호오, 전설의 유적을 찾는 걸 보니 모험가이신가?"

함께 술을 마시는 60대의 노인들 셋이었다.

바로스가 눈을 반짝이며 물었다.

"뭔가 아시는 게 있습니까, 노인장?"

노인 중 1명이 음흉한 미소를 지었다.

"술 한 잔 들어가면 혓바닥이 잘 움직일 것 같구만."

카르나크는 인상을 구겼다.

어디서 감히 저런 수작을?

"그러셔? 바늘 꽂히면 더 잘 움직……! 읍읍."

재빨리 카르나크의 입을 막으며 세라티가 움직였다.

"자, 저희가 한 잔 살게요!"

"고맙구려, 아가씨!"

어차피 돈도 많은데 술 세 잔쯤 더 사는 건 일도 아니다.

새로운 술잔이 앞에 놓이자 과연 노인들의 혓바닥이 부드러워졌다.

"이 항구 남쪽은 그냥 망망대해여."

"아무것도 없지."

"하지만 서쪽에는 태피얼 군도가 있지 않나?"

그렇다.

항구에서 배를 탔다고 반드시 남쪽으로만 가라는 법은 없는 것이다.

태리스터항에서 배로 사흘쯤 가면 나오는 섬들의 군집, 태피얼 군도.

"그곳에 용의 섬이라 불리는 비밀의 섬이 있다네!"

"그곳이라면 틀림없이!"

"자네들이 찾는 전설의 유적이겠지!"

자랑스레 떠드는 노인들을 보며 밀리아는 문득 생각했다.

'……동네 술집 영감들도 다 알 정도면 비밀도 뭣도 아니지 않나?'

다음 권으로 이어집니다